KB268927

낭만과 멋이 있는
지구촌 부부기행

낭만과 멋이 있는
지구촌 부부기행

찍은날·2012년 8월 15일
펴낸날·2012년 8월 17일

지은이·신용일
편집·이명규
디자인·문지민
사진ⓒ 신용일, 이만녕, Eirik

펴낸이·임형오
펴낸곳·미래문화사
등록번호·제1976-000013호
등록일자·1976년 10월 19일
주소·서울시 용산구 효창동 5-421 1F
전화·02-715-4507 / 713-6647
팩스·02-713-4805
전자우편·mirae715@hanmail.net
홈페이지·www.miraepub.co.kr

ⓒ 미래문화사 2012

ISBN 978-89-7299-407-7 03810

낭만과 멋이 있는

지구촌 부부기행

신용일 수필집

미래문화사

책머리에

인재명人在名이라 했던가, "사람은 이름을 남기라"는 말인 듯한데, 남길 만한 이름도 없으니 홀가분하다. 한 세상 소풍길, 가벼워야 즐겁지 않겠는가.

달이 진 하늘에 해가 솟고, 겨울자락에 봄이로다. 넉넉한 여름 풍성한 가을, 산은 물을 품고 물은 산을 안고 닐리리야 닐리리…….

지족가락知足可樂이라, 내 발로 걷고 내 눈으로 보고 내 몫으로 굶지 않으니, 이만한 호사가 어디 그리 흔하랴. 귀가 순해지면서부터 배낭 하나 걸머메고 천하를 주유하기 십수 년, 스쳐온 동네들이 내 연륜年輪에 버금할 정도다.

히말라야 영봉의 일출日出, 폰넷샾 호수의 낙조落照, 노르웨이의 피오르, 뉴질랜드의 밀퍼드사운드, 타지마할, 피라미드, 그랜드캐니언…….

지구촌의 새로운 풍물을 접할 때마다 떠오르는 단상들을 끄적거려 놓은 게 오십여 편이다. 부질없는 짓인 줄 모르는 바 아니나 어린 손자들의 초롱한 눈망울이 아른거려 한데 묶어 두기로 했다. 《눈이 아프면 하늘을 보고》에 이어 《진실과 허위가 미역감은 이야기》를 상재한 지 십여 년 만이다.

현기, 준기, 필규, 윤정, 하나, 소연, 이룸, 한결, 그리고 또……, 가까운 훗날 제 할애비를 기억할 예쁜 모습들을 떠올리며 살며시 웃는다.

개이나 궂으나 포근하게 늘 함께해준 내자內子가 디없이 정겹고 의젓하게 자라 제 몫을 다하는 아이들이 대견스럽다.

지나온 길이 아련하다. 멀게만 느껴지던 종심終心의 여울목, 이제 남은 길은 덤인 셈이다. 사는 게 별건가, 아직도 적지 않은 내 몫을 감사하며 즐길 뿐, 이제 무엇을 더 바라겠는가.

늴리리야 늴리리, 늴리리야 또 늴리리…….

2012년 8월 저자

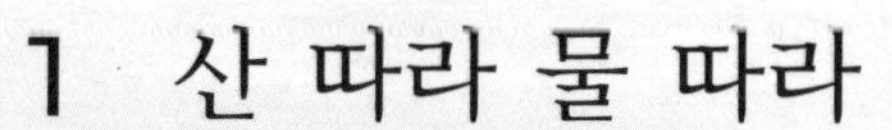
1 산 따라 물 따라

오! 금강산

가깝고도 먼 나라 북한, 미소로 배웅하는 국군과 굳은 표정으로 문을 여는 인민군이 대조적이다.

민족이 갈리고 국토가 분단된 지 반세기가 넘었다. 아직도 백만대 군百萬大軍이 총칼을 맞댄 철의 장막, 산짐승 한 마리도 넘지 못하는 세계 유일의 분계선이 남과 북을 가로막고 있다.

우여곡절을 수없이 겪다가 쥐구멍만한 틈새가 생긴 지 여섯 해가 되었다. 처음엔 뱃길이 열리고 이제는 육로로 이어진 금강산 가는 길, 이 좁은 문으로 그동안 수십만 명이 오르내렸다.

겨울이 내리는 11월 11일, 서울에서 조반을 먹고 인제에서 점심을 했다. 오후 네 시, 남과 북의 경계선을 넘어 인민군의 검문을 받는다. 독 안에 든 생쥐꼴이 되어 너 나 할 것 없이 소금을 뿌린 듯 숨이 죽는다.

마치 로봇 걸음으로 들어서는 두 병사, 아무리 보아도 중학교 졸업반 정도의 앳된 얼굴이다. 찾아온 손님에게 인사 한 마디 있을 법도 하련만, 서늘한 냉기만 남긴 채 뒤돌아선다.

차창에 펼쳐지는 회색풍경에 긴장감이 감돈다. 마무리 단계에 있는 철로를 따라 새로 포장된 신작로新作路, 군데군데 마네킹처럼 서 있는 보초병 너머로 자전거를 탄 주민들이 눈에 뜨인다.

어둠이 깔리는 여섯 시경, 세관 통관을 거쳐 온정리를 지난다. 어림잡아도 수백 호는 됨직한 따스한 샘마을, 산자락을 감도는 저녁연기는 평화로운데 새어 나오는 불빛 하나 없는 것이 기이할 정도다.

을씨년스러운 비슷비슷한 주택들, 제도된 사회가 한눈에 보인다. 색깔이 없다. 그 흔한 간판은 물론, 헐고 세우는 개발開發은 찾아보기 어렵다. 승용차는 말할 것도 없고 버스 한 대 보이지 않는다. 그러고 보니 예까지 이르는 길에 화물차 한두 대 지나친 기억이 있기는 하다.

언어와 문화가 같은 이 좁은 국토의 남과 북이 어쩌면 이토록 다를 수 있다는 말인가, 내 지금 꿈을 꾸고 있는가, 타임머신을 타고 내 어릴 적 시골 생활을 엿보는 것 같아 교차되는 만감을 어쩌지를 못한다.

이것이 그토록 자랑하던 노동자 농민의 지상낙원이란 말인가. 공동으로 생산하여 필요에 따라 분배한다는 사회주의의 허상에 연민의 정을 금할 길이 없다.

장전읍으로 이어지는 고갯길을 힘겹게 넘는 저희들 눈에, 넘실대는 이 원색의 물결이 어떻게 비쳐질까. 실행이 없는 이론理論은 아무리 그럴 듯 해도 말로 빚는 떡이라는 생각에 실소를 삼킨다.

사람에 인격이 있듯이 산에는 산격이 있다. 금강산, 산도 산이려니와 그 격은 표현하기 어렵다. 오죽하면 "금강산도 식후경"이란 말이 있겠는가.

전란으로 소실된 신계사 터에 우리의 손으로 대웅전을 세우는 중이다. 곧 우리 스님의 목탁소리가 들린다는 안내인의 설명에, 터지는 박수가 봇물을 이룬다.

구룡연 계곡, 때깔이 다르다. 흰 돌 위로 하얀 물이 흐르는 옥류동, 세속에 찌든 마음을 맑힌다. 절벽에 새겨진 붉은 구호가 거슬리긴 해도, 자연스럽게 보전된 산하山河에 감사의 마음이 없는 것도 아니다.

해발 880미터의 상팔담, 금강의 풍광風光에 넋을 잃는다. 풍악楓嶽의 자락을 개골皆骨로 갈아입은 영산靈山 금강金剛, 신령神靈한 기운氣運이 가슴에 젖는다.

하얀 비단 한 폭이 구천九天에서 내리 걸린 구룡폭포, 만학萬壑에 우레가 진동한다. 바람결 따라 절벽에 걸리는 무지개, 별유세계別有世界 비인간非人間은 이를 두고 한 말인가. 절경絶景, 비경祕境, 선경仙境, 어떠한 수식어도 어울리지 않는다. 한 덩이 돌이 되어 머물고 싶은 마음 굴뚝같으나 이방인 신세라 더 머물 수도 없다. 몇 번이고 뒤돌아보다가 목란관에서 냉면 한 그릇으로 허기를 달랜다.

호수를 아우른 소나무 숲 삼일포, 그 정겨운 풍경에 탄성이 절로 난다. 금강金剛과는 전혀 다른 맛과 멋을 간직한 곳, 금강이 아버지라면 삼일三日은 어머니의 치마폭이다. 어디를 보아도 전혀 낯설지 않다. 삼일三日이 아니라 삼추三秋를 머문들 길다 하랴.

만물상萬物相 천선대天仙臺, 금강 일만이천봉에 숨이 멎는다. 높지 않으면서도 결코 작지 않은 산, 만봉萬峯 천학千壑이 범상치 않다.

신선神仙이 머문다는 삼신산三神山, 그중 으뜸이 아닌가 싶다. 두류頭流와 한라漢拏와는 또 다른 신비한 기운이 도처에 서린다. 한 줄기 바람처럼 잠시 머물다 가는 나그네, 내 언제 다시 안길 수 있으랴.

앞으로 반세기 동안 북녘 백성들은 발걸음을 할 수 없다는 말에 경악을 금치 못한다. 제도된 사회에서나 가능한 일일까, 억눌린 민초들의 어두운 몰골이 아른거려 눈가에 안개가 서린다.

역지사지易地思之하자. 설악에 우리의 발길을 막고 일본인들만 드나든다면 어찌될까. 모르긴 해도, 매국노로 몰려 어느 누구 살아남지 못하리라.

한 잎의 낙엽을 보고 천하의 가을을 느낀다 했던가. 온정리를 보고 조선을 짐작했다면 망상일까. 북한은 우리가 타도해야 할 주적이 아니라 더불어 살아야 할 형제라는 생각이 자리를 잡는다.

인솔자의 재촉에 돌아서는 발걸음이 무겁지 않다. 어둠에 잠기는 금강을 뒤로하고 남으로 향하는 버스에 오른다. 북과 남의 분계선을 넘어 우리 국군의 화사한 영접을 받는다.

"국군과 인민군은 때깔부터 다르네."

푸념처럼 토해 내는 아내의 말에 거친 손을 꼬옥 잡고 살며시 웃는다.

〈2004〉

산 따라 물 따라 1

내자內子와 함께 승용차를 애마愛馬삼아 이 땅 구석구석을 밟아 보고 싶다. 가다가 쉬고 쉬다가 가고, 금수강산 삼천리에 머물고 싶은 곳이 얼마나 많으랴.

하려 들면 못할 것도 없으련만 "애 못 낳는 년 밤마다 태몽만 꾼다"고, 탕건 쓰다가 파장을 맞은 꼴이다. 주변머리가 어지간하여 이게 있으면 저게 없고 저게 있으면 이게 없고, 차일피일 그림만 그리다가 쉰 고개를 넘기고 말았다.

어시호! 핑계 하나 좋다. 어미의 갑년甲年이 그것이다. 자식의 차를 빌려 스무 해가 넘도록 서랍 속에 잠자던 무사고 면허증을 꺼내들었다. 시쳇말로 '죽기 아니면 까무라치기'라 했던가, 골목길을 몇 바퀴 돌아보는 것으로 군軍 수송병과의 저력을 되살린 셈이다.

남녘의 꽃 소식이 바람을 타던 춘삼월, 새로 난 서해안 고속도로를 사르르 달린다. 평택과 당진을 잇는 서해대교, 해풍의 유혹에 해찰을 한다. 상전桑田이 벽해碧海가 되었다. 사람의 오만에 기가 질린다. 쓰디쓴 커피 한 잔에 갈증을 달래고 바람에 밀려 남으로 난다.

천주교 순교의 피가 얼룩진 해미읍성에 머물러 아린 가슴을 달래다가, 외할매 치마폭 같은 개심사開心寺 툇마루에서 점심點心을 한다. '나의 문화유적 답사기'로 유명해진 유 모 교수에게 '제발 한 마디도 쓰지 마라' 고 당부를 했다던 가려진 도량, 솔바람 한 줄기가 나그네의 가슴속을 헤집는다. 북향화北向花의 수줍은 미소와 앙증맞은 산새의 재롱은 그대로 남겨 두었다.

광천 대천을 한숨에 건너 김제 만경 너른 들에 기지개를 펴고, 매창梅窓의 시심詩心이 향기로운 부안골로 접어든다. 해마다 '매창문화제'가 열리는 곳, 좋은 시 몇 편으로 시공을 초월하여 만인의 사랑을 받는 여인이 잠든 땅이다,

매창의 유택을 물어 한참을 헤매다가 임이 남긴 시 한 수를 읊는 것으로 정을 나눈다.

이화우 흩날릴 제 울며 잡고 이별한 임
추풍낙엽에 저도 날 생각는가
천 리에 외로운 꿈만 오락가락 하노라

내변산을 감돌아 내소사 전나무 숲에 빨려든다. 노을 풍경이 유정한 산사에 부처는 오늘도 말이 없고, 물소리만 돌돌돌 발치에 걸린다. 화안열색和顔悅色의 어느 보살과 연이 닿아 산채가 정갈한 저녁 공양의 은공을 입고, 바다가 내려다보이는 격포여사에 여장을 푼다.

채석강의 아침 햇살, 영겁의 세월이 하품을 한다. 연륜年輪의 퇴적이 한눈에 보이는 곳, 발부리에 걸리는 돌멩이 하나에도 시원始原의

비밀이 스멀거린다. 밀물에 밀린 아쉬운 발길은 줄포를 지나 고창읍 모양성에서 심호흡을 한다.

이끼 낀 성벽 청청한 솔밭길을 아내의 손을 꼬옥 잡고 성돌이를 한다. 세계문화유적으로 지정된 고인돌, 선운사 동백꽃, 머물고 싶은 곳이 한두 군데가 아니다.

애마愛馬를 살핀다. 말에 비하면 조랑말에 불과하나 옛날 여포가 탔다던 그 유명한 적토마에 비할 바가 아니다. 예전 같으면 임금님도 누리지 못한 호사를 나 같은 범부가 즐기고 있으니 이 아니 황감한 일인가.

동력動力, 제동制動, 환향還向장치를 차례로 점검하고 구석구석 먼지를 털어 교감을 나눈다. 조금만 물러서면 참으로 편리한 문명의 이기利器다.

말머리를 돌려 빛고을 망월동 묘역에 옷깃을 여민 후, 별뫼골 옛 선비들의 정취에 시간을 잊는다. 그림자도 쉰다는 식영정息影亭, 물소리 소살대는 소쇄원, 성산별곡의 가사문학관, 세상사 가소로운 의병장 김덕령의 취가정醉歌亭, 주마간산으로 곁눈질하다가 무등無等을 넘어 노을에 물든 영구산靈龜山 운주사雲舟寺에 발길이 머문다.

억눌려 살던 민초民草들, 필부필부匹夫匹婦가 다 부처다. 가마꾼 바우아저씨도 부처요, 객주집 주모도 미륵이 되어 앉아 있다. 투박한 돌탑 사이로 머슴 살던 칠성이의 모습도 보이고 무슨 사연인지 뒷간에서 목을 맨 부엌데기 곱분이도 눈에 뜨인다.

천불천탑千佛千塔이라 했던가, 거꾸로 누워 있는 부처가 눈에 밟혀 넋을 잃고 앉아 있다. 불자佛子가 어디 따로 있으랴, 개구리 소리 자욱한 불국정도佛國淨土에 어둠의 장막이 사르르 내린다.

도곡온천에서 새날을 맞는다. 가슴 한 구석 앙금으로 남아 있던 소록도로 방향을 잡는다. 가깝고도 먼 땅, 꼭 한 번 밟아 보고 싶었던 세계다.

나는 문둥이가 아니올시다 / 나는 문둥이 새끼올시다 / 하늘과 땅 사이에 / 꽃과 나비가 / 해와 달을 속인 사랑이 / 목숨이 된 것이올시다 / 세상은 이 목숨을 서러워서 / 사람인 나를 문둥이라 부릅니다 / 나는 정말로 문둥이가 아닌 / 성한 사람이올시다

한하운의 절규가 이명耳鳴이 되어 맴을 돈다. 풀 한 포기 나무 한 그루, 어느 것 하나 예사롭지 않다. 문드러진 손가락 일그러진 몰골로 환한 미소를 잃지 않는 모습 앞에서 성한 사람이 도리어 움츠러드는 까닭은 무엇일까.

후둑후둑 흩뿌리는 빗방울이 목줄기에 흘러내린다. 나그네 인생, 보리피리 불며 본향을 찾아 내 예까지 왔는지도 모른다.

물결이 인다. 검은 구름을 헤집고 환한 햇살이 돌아오는 뱃전에 살포시 내린다. 섬 안에 있는 사람과 섬 밖에 사는 사람이 다를 리 없다. 누가 더 행복한지는 아무도 모른다. 육신은 비록 일그러졌어도 그 영혼은 깨끗한 사람들, 운주사 돌부처가 말없이 웃는다.

〈2002〉

이화우 흩날릴 제 울며 잡고 이별한 임
추풍낙엽에 저도 날 생각는가
천 리에 외로운 꿈만 오락가락 하노라

산 따라 물 따라 2

우리의 산하를 금수강산錦繡江山이라 했던가, 남도 땅 구례 골은 노오란 융단을 펼쳐 놓았다. 산동山東 산내山內 할 것 없이 구석구석 만개한 산수유가 너울거린다.

노고老姑는 아직도 잔설殘雪이 희끗한데 그 자락은 시샘하는 봄꽃들이 꽃대궐이다. 천 리 길도 단숨에 달려왔건만 이제는 한 마장 가기도 쉽지 않다. 울 넘어 앵도에 곁눈질하다가 벙그는 목련에 발목이 잡힌다.

산 따라 물 따라 나선 나들이, 딱히 가야할 곳이 정해진 것도 아니다. 산을 감돌아 물이 흐르듯, 가다 서다 해찰을 즐기면 그만이다.

구례에서 하동에 이르는 길, 아랫물이 더 맑다는 섬진강이 비단 폭이다. 매화우梅花雨 흩날리는 언덕에 앉아, 유유히 흐르는 강물을 본다. 봄인가 하면 여름이요, 핀 듯싶은데 지는 게 꽃이다. 사람살이와 무엇이 다르랴.

좋다! 탄식처럼 토해 내는 아내의 감탄사다. 사는 게 별건가, 만금을 가지고도 만족을 모르고 가진 게 없어도 여유가 있다면, 누가 더 행복한 삶인지 모를 일이다.

소유권 다툼으로 각박한 세상에 아무리 누려도 걸릴 게 없는 것도 무진장이다. 강상江上의 풍월風月, 한운閒雲과 야학野鶴, 공산명월空山明月, 누구에게나 평등한 조물주의 축복이 아니겠는가. 이 봄의 주인이 되어 백사장에 차일을 친 하동의 송림松林을 둘러보고 여사旅舍의 객창에서 새날을 맞는다.

낙동강을 훌쩍 넘고 바다를 가로지른 광안대교를 사르르 건너 서라벌 옛 정취에 몽환夢幻을 앓는다. 임을 향해 허리를 굽힌 오능五陵의 소나무 숲, 보는 이의 마음이 숙연해진다. 능을 지키는 굽은 소나무, 장자莊子가 설파한 무용지용無用之用을 연상케 한다.

쓸모없는 쓸모, 많이 배운 자식일수록 부모를 멀리힌다는 말이 가시가 되어 어느 하나 예사롭지 않다. 평평한 대지에 위를 향해 줄기를 세울 만도 하련만 한결같이 중심을 향해 조아리고 있다. 이를 어찌 자연의 현상으로만 볼 수 있으랴, 안아 보고 올려 보다가 대능원大陵園 대숲 길을 조용히 걷는다.

무덤이 이토록 아름답단 말인가. 명明나라 영락제나 진시황 능은 잡목이 우거진 거대한 산이다. 개구리가 태산을 만난 듯한 중압감은 있을지언정, 포근한 정감은 어디에도 없다. 그러나 우리 조상들의 숨결이 느껴지는 신라의 능들은 그 유연한 흐름이 어릴 때 더듬던 엄마의 젖가슴이다.

그 흔한 문인석文人石이나 무인석武人石도 없고 비석은 물론 상석도 없어 앞뒤를 구분하기가 쉽지 않다. 여러 기의 봉분들이 자연스럽게 어우러져 뒹굴고 싶은 충동에 벌어지는 입을 어쩌지를 못한다.

예술이다. 정감이 넘치는 예술의 극치다. 이승과 저승의 고리를, 예술로 승화시킨 조상들의 지혜에 감탄이 절로 난다.

계림을 지나 반월성半月城을 걷는다. 반달을 닮았대서 붙여진 이름, 읍성邑城 정도의 아담한 규모에 발길이 가볍다. 백성을 억누르는 위압감은 느껴지지 않고, 더불어 밭 갈아 씨 뿌리던 친근한 임금이 다가온다.

첨성대를 우러르다 안압지와 포석정을 지나 남산에 오른다. 천년의 연륜年輪을 연면히 이어 온 불심佛心의 편린片鱗들이 발치에 걸린다. 목이 잘린 미륵, 무너진 돌탑, 나지막한 절벽마다 보살菩薩의 신비한 미소가 걸려 있다. 노을에 물든 일그러진 돌부처, 말없는 말을 가슴으로 듣는다.

보경사 연산폭포 그 비경秘境에 취하다가, 울진 불영계곡 청청한 소나무를 벗하여 시름을 달랜다. 신선이 살았다는 삼척의 환선굴을 둘러본 후, 창공을 가로막은 두타산을 넘어 소금강을 감돌아 정선에 이른다.

아라리의 고장 정선, 산 위에 산이요 물 건너 또 물이다. 산이 높아 하늘이 낮고 물에 막혀 땅이 좁은 첩첩산중이다. 사람살이만큼이나 얽히고설킨 산과 물, 애절한 아라리의 가락이 나올 만도 하다.

동강에 서강이 더하는 강변에 앉아, 한숨 돌리며 하늘을 본다. 동강난 내 강토, 그 절반은 돌아본 셈인가. 주마간산走馬看山으로 스쳐 온 산, 내, 들이 꿈결인 듯 아련하다.

절벽을 감돌아 흐르는 도도한 강물, 소동파의 적벽부赤壁賦 한 대목이 스멀스멀 떠오른다.

  ……산과 물이 서로 얽히어 / 울울창창하니 / 이곳은 조조가 주유에게 곤욕을 치룬 곳이 아니던가 / 형주를 치고 / 그 여세를 휘몰아 물결을 타고 내려오니 / 배 꼬리는 천 리에 이르고 / 깃발은 하늘을 가리네 / 강물을 굽어보며 창검을 비켜 놓고 술잔을 기울여 시를 읊으니 / 과연 일세의 영웅이로다 / 그러나 그대는 지금 어디에 있는가 / 하물며 지금 우리는 / 고작 강 위에 배를 띄우고 / 술잔을 돌리며 / 하루살이 같은 목숨을 천지에 붙인 꼴이니 / 창해일속滄海一粟과 무엇이 다르랴 / 우리의 삶이 넛없음을 슬퍼하고 / 무궁한 장강의 흐름을 부러워하노라 / …….

  바람이 분다. 물이 흐른다. 흐르지 않는 것이 어디 있으랴. 해거름 나그네, 지는 해를 탓해서 무엇하랴. 해 지면 달이 뜨고 영롱한 별빛도 좋은 것을.

  하루를 살아도 일 년 같은 삶이 있고, 십 년을 살아도 하루만도 못한 삶이 있을 수 있다. 내 오늘을 어찌 살아야 하는가.

  아내의 거친 손을 꼬옥 잡고 섶다리를 건너 하얀 자갈길을 휘적휘적 걷는다.

〈2004〉

산 따라 물 따라 3

쑥국새 청승을 떠는 청명절淸明節, 산 따라 물 따라 길을 나선다. 강원도 문막에서 차 한잔 마시고 충청도 단양에서 점심을 한다.

단양의 수식어는 팔경八景이 아니던가. 나비가 청산 가듯, 발길 닿는 대로 머물다 간다. 구곡팔경九曲八景이 어딘들 없으련만, 유독 묵객墨客들의 칭송이 잦은 곳이다.

도담嶋潭에 배를 띄워 삼봉三峰의 그림자를 가른다. 어느 선현先賢의 풍류風流인지 바위에 걸친 퇴락한 정자, 보는 것만으로도 시가 되고 그림이 된다.

산자수명山紫水明은 이를 두고 한 말인가. 어디선가 본 듯한 신선도神仙圖 한 폭, 산을 감돌아 물이 흐르고 물을 따라 기암괴석奇巖怪石이 병풍을 두른다.

산벚꽃 하얗고 두견화 붉다. 은빛 물결에 푸르른 새소리, 머물다 가는 나그네 발걸음이 가볍다.

사암숤岩 천인千仞의 난간에 시름 한 자락 걸어 놓고 굽이굽이 옛길을 감돌아 죽령竹嶺을 오른다. 한강과 낙동의 분수령, 동으로는 소백의 연화가 닿을 듯 가깝고, 서로는 새도 쉬어 넘는다는 조령鳥嶺이 저만큼 멀다. 비단으로 수를 놓은 강과 산, 하늘까지 맑으니 이 아니 좋은가.

풍기 골 소수서원 유정한 풍광에 해찰을 하다가 천년 고찰 부석사 뜨락을 서성인다. 무량수전 비껴 앉은 부처를 우러러본다. 감은 듯 뜬 눈 열린 듯 다문 입, 여래如來의 말없는 말이 고요히 흐른다. 가섭迦葉이 감응感應한 염화미소가 이 아니랴.

분홍빛 노을이 배흘림기둥에 사르르 스민다. 보이는 게 불립분자不立文字요, 들리는 게 다 무정설법無情說法이다. 무슨 말이 필요하랴, 그저 그냥 앉아 있다가 사하촌寺下村 여사에서 여장을 푼다.

퇴계退溪와 백구白鳩만이 안다는 청량산 육육봉은 속인의 접근이 쉽지 않다. 산을 넘고 물을 건너 천 리 길, 외계를 차단한 별유세계

別有世界를 더듬어 오른다.

바위를 닮은 산꾼의 집 주인이 차 한 잔 마시고 쉬어 가란다. 끊어질 듯 이어지는 거문고 가락이 선계仙界로 접어드는 환상에 젖는다.

산 가운데 우뚝 솟은 또 하나의 산, 예전 같으면 사방 백여 리, 개 짖는 소리가 들리지 않았다는 말도 있을 법 하다.

꽃잎처럼 펼쳐진 여섯 봉우리, 금방이라도 선인仙人들의 발자국 소리가 들릴 듯 싶다. 산 따라 물 따라 나선 나그네, 아쉬움을 남긴 채 뒤돌아선다.

도산서원陶山書院 툇마루에 앉아 동방의 종사宗師로 칭송을 받는 큰 스승의 향기에 취한다. 인간人間 퇴계退溪, 육남일녀의 막내로 태어나 돌도 안 되어 아버지를 여의고 잔병치레를 수없이 겪으며 곤고히 자란다.

“아비 없는 자식이라고 비난을 들어서는 안 된다. 남보다 더 배우고 행실에 각별히 조심하라”는 어머니의 가르침을 받들어 학문을 닦고 뜻을 세운다.

그토록 어려운 벼슬길에 올랐으나 간곡히 사양하고 물러나기를 거듭한 분, 그래서 더욱 존경을 받는지도 모른다.

후학을 기르고 도학道學을 집대성한 큰 학자, 판서判書의 반열에 오르기도 했으나 세수 일흔에 자연으로 돌아가면서 남긴 유언이 인상적이다.

“내 무덤에 관직을 쓴 비석은 세우지 말라. 다만 작은 돌 하나 세워 퇴도만은진성이공지묘退陶晩隱眞城李公之墓라고만 쓰라.”

이 얼마나 감동적인가.

생의 도중에 조강지처를 사별하는 아픔을 겪는다. 그 후 재취再娶한 얘기는 눈물겹도록 아름다운 한 편의 드라마다.

정쟁政爭에 휘말려 집안이 몰락하는 그 참화의 후유증으로 조금 모자라 보이는 딸아이를 데리고 귀양살이 하는 스승이 계셨다.

"자네가 거두어 보살펴 주게나" 그 뜻을 존중하여 아내로 맞아 평생 보살피고 섬기기를 손님처럼 했다고 한다. 시공을 초월하여 만인의 숭앙을 받는 연유가 이런 면에 있지 않겠는가. 훈훈한 화롯불 하나를 가슴에 안고 물돌이 마을로 걸음을 옮긴다.

영국 여왕에게 우리의 역사와 문화를 보여준 대표적인 선비촌이다. 사대부士大夫들의 삶을 엿볼 수 있는 곳, 돌담 고샅길을 거닐며 선비들을 떠올린다.

그 민족을 상징하는 정신이 있다. 서구인들은 기사도, 중국은 중화사상, 유대인들은 선민의식, 가까운 일본은 사무라이 정신이다.

그렇다면 우리는 무엇이 있을까. 분명 무언가 있기에 강대국들의 틈바구니 속에서 천여 번의 외침을 겪으면서도, 마치 불사조不死鳥처럼 살아남지 않았겠는가.

하나의 민족이 하나의 언어와 문자, 그리고 독특한 문화를 반만년이나 연면히 지켜왔다. 그 저력이 무엇일까.

비록 빠져 죽을지언정 개헤엄은 치지 않고 차라리 얼어 죽을지언정 곁불은 쪼이지 않는다는, 그 꼬장꼬장한 선비정신이 아니겠는가.

명분을 위해 하나뿐인 생명도 초개같이 여기던 선비들의 도포자락이 언뜻언뜻 명멸한다.

휘돌아 흐르는 강물을 굽어보며 무상한 세월을 새김질 한다. 산색山色은 고금동古今同인데 인심人心은 변해도 너무 변했다. 상전벽해桑田碧海라 한들 이에 비하랴.

양반이 따로 없고, 양반이 아닌 사람도 별로 없다. 돈만 있으면 아무나 상전이 되어 아랫것들을 부리며 산다. 키를 잃은 듯한 탁류의 배 한 척, 역사는 지금 어디로 가고 있는가.

하회탈이 해탈한 웃음을 연신 흘리고 있다. 돈만 있으면 누구나 양반이 되는 이 세상이 저토록 웃기는 것인가. 탈을 따라 나도 웃고 나를 보고 탈도 웃는다.

해가 기운다. 이왕 내친걸음 안동 땅 제비원에 들러 솔씨 하나 받아야겠다.

〈2006〉

남도기행

세연정洗然亭 난간 위에 분홍빛 노을이 사르르 내린다. 주인은 간데없고 더불어 노닐던 벗들만 옛 모습 그대로 남아 있다. 물, 바위, 소나무와 대나무, 그리고 밤이 되면 찾아오는 달님을 말함이다.

산은 높아서 명산이 아니라 신선이 살아야 명산이라 했던가. 고산孤山이 머물러 명소가 된 보길도, 땅끝이라는 토말土末에서도 뱃길로 한 식경 거리인 절해고도다. 망월봉 광대봉이 대양을 등지고 또아리를 튼 곳, 벙그는 연꽃을 연상하여 부용동芙蓉洞이라 했다.

고산孤山 윤선도尹善道, 역사의 격동기에 부침浮沈과 영욕榮辱의 삶을 살던 분이다. 왜란倭亂 칠년의 그 참혹한 도탄을 겪으면서 백수문白首文을 읽었고, 정쟁政爭으로 날이 새고 파당派黨으로 날이 저물던 광해조光海朝에 출사出仕를 한다.

까마귀 싸우는 골에 백로였는지 모를 일이나, 추상 같은 논조로 전권란정專權亂政을 상소上疏하다가 함경도 오지로 유배를 당한다. 인조반정으로 풀려나 왕자의 사부師傅가 되기도 했으나, 병자호란으로 임금이 청나라 황제에게 무릎을 꿇는 치욕을 겪는다.

파쟁에 휘말려 다시 경상도 영덕으로 귀양길에 오른 때가 쉰한 살이요, 또다시 세수 일흔넷에 함경도 삼수三水로 칠년 동안 유리안치되었다가 보길도 낙서재樂書齋에서 팔십오 세를 일기로 그 파란만장한 생애를 마감한다.

이조판서에 증직되고 "충헌忠憲"이라는 시호諡號도 내리지만, 그가 남긴 주옥같은 시문詩文이 아니었다면 기억하는 후세가 과연 얼마나 되랴.

거북이 기는 듯한 바위 사이로 물을 대어 만든 호수, 푸른 대숲이 외계를 가리고 청청한 소나무는 하늘을 향해 용틀임을 한다. 소슬한 바람결에 개구리 소리 자욱하다. 물안개 너울을 쓰고 해맑은 달님이 물위에 내린다면 선경仙境이 어디 따로 있으랴 싶다.

손수 지은 어부사시사漁父四時詞에 곡을 붙여 거문고를 타던 해옹海翁의 초연한 모습이 언뜻언뜻 명멸한다. 세 번의 귀양길에 무려 십오륙 년 동안을 물 되고 바람 되어 시름을 달랬다. 다산茶山이 그러하듯, 그가 남긴 불후의 명작도 어쩌면 긴 유배생활의 소산인지도 모른다.

사람은 가도 글은 남는다. 세월이 흐를수록 더욱 빛나는 글, 그 속에 잠겨 있는 선현들을 시공을 초월하여 엿볼 수 있으니 이 아니 좋은가.

양반전에서 멋드러진 해학과 풍자의 연암을 만나고, 목민심서에서 살갑고 정겨운 다산을 엿본다. 몸은 비록 갔으나 그에 정신은 그가 남긴 글 속에 연면히 남아 있다.

사랑받는 몇 편의 시로 소월은 여전히 우리 곁에 있고, 한 시대를 풍미하던 고려의 문신文臣 이규보는 지금도 우리의 시선을 끌고 있다. 산중신곡山中新曲 오우가五友歌 등 좋은 글이 없었다면 이 외딴섬까지 사람의 발길이 줄을 잇겠는가.

앞바다에 안개 걷고 뒷산에 해 비친다
배 띄워라 배 띄워라
썰물은 물러가고 밀물이 밀려 온다
지국총 지국총 어사와
강촌 온갖 고지 먼빛이 더욱 좋다

세연정 뜨락을 무심히 걷는다. 어촌의 사계四季를 노래한 시를 바위에 새겼나.

청명한 봄 풍경이 선연하다. 시는 형태 없는 한 폭의 그림이라 했던가. 봄 여름 가을 그리고 겨울을 노래한 사십여 편은 우리 역사의 국문학적 걸작으로 자리매김 되었다.

동대東臺에 앉아 해옹이 데불던 옛 벗들을 떠올린다. 조석으로 변하는 사람이 아니라 천년이 가도 변함이 없는 도반道伴들이다.

노을에 물든 호수가 비단결이다. 본성은 위로 오르면서도 그 형태는 낮은 곳으로만 흐르는 물, 노자老子는 이를 일러 상선약수上善若水라 했다. 모든 생물을 이롭게 하면서도 다툼이 없으며 모든 이가 싫어 하는 낮은 곳에 처한다. 그러기에 도道에 가깝다는 것이다. 맑고 그침이 없는 이 물이 고산이 짝하던 첫 번째 친구다.

잠룡潛龍이 머리를 든 듯한 용두암龍頭岩에 이르러 돌을 예찬한 시를 읊는다.

꽃은 무슨 일로 피면서 쉬이 지고
풀은 어이하여 푸르는듯 누르나니
아마도 변치 않는 것은 바위인가 하노라

세 번이나 귀양길에 올랐다면 갈대 같은 인심에 신물도 났으리라. 어쩌구저쩌구 멧새들이 깝신대는 세연뜰에, 천년을 묵언默言하는 이끼 낀 바위만 히죽히죽 웃고 있다. 연꽃을 든 부처 앞에 웃음으로 화답하던 가섭迦葉이 떠올라 머물다 떠나는 나그네의 발걸음이 무겁지 않다.

회수담에 그늘을 드리운 낙락장송이 소매를 끈다. 나무의 귀공자 소나무松, 그 범상치 않은 자태에 주눅이 든다. 하늘을 향해 토해 내는 용트림은 장부丈夫의 기개氣槪요, 세한삭풍에도 의연한 모습은 군자의 기상이다. 비록 어려도 어딘지 모르게 예스러운 풍치가 배어나고 늙을수록 상서로운 게 소나무가 아니던가. 선비의 벗으로 이만하면 제격이다. 백발이 성성한 해옹을 보는 듯하여 한참을 서성인다.

곧게 서서 마디마디 속을 비운 대나무, 비록 부러질지언정 굽힐 줄을 모른다. 온갖 잡초가 무성할 때는 도리어 빛을 잃다가도 북풍한설에는 그 푸른 기상을 온 천지에 드러내는 절의節義의 표상이니 고산의 오우五友에 조금도 손색이 없다.

행여 달님이 오셨나 하여 하늘 보다가 문득 도연명의 '귀거래사歸
去來辭' 마지막 구절이 떠오른 까닭은 무엇일까.

이제 모든 것이 지나갔구나 내 남은 날이 얼마런가 / 내 맘과 몸
흐름에 맡기려네 / 더 무엇을 위해 초조해 하고 황망해 하랴 / 부
귀도 원치 않고 죽음 저편은 바라지도 않네 / 새벽길 혼자 걷다가
지팡이 세워놓고 김을 매려네 / 동대에 앉아 조용히 읊조리고 맑은
물을 벗삼아 시를 지으려네 / 잠시 수레를 탔다가 본향에 왔으니 /
주어진 천명을 즐길 뿐 내 무엇을 더 바랄 게 있으랴

한 줄기 댓바람이 가슴을 헤집는다. 내 이제껏 무엇을 위해 가슴
태워 살았던가. 이 세상 다녀간 흔적으로 좋은 글 한편 남기고 싶은
간절한 마음이 멀어지는 보길도에 긴 여운으로 남는다.

〈2003〉

앞바다에 안개 걷고 뒷산에 해 비친다
배 띄워라 배 띄워라
썰물은 물러가고 밀물이 밀려 온다
지국총 지국총 어사와
강촌 온갖 고지 먼빛이 더욱 좋다

멋진 친구들

금강 하구 갈대숲을 휘적휘적 걷는다. 은빛 갈잎에 겨울답지 않은 햇살이 내려 포근한 정감이 더없이 좋다.

내 키에 곱을 더하는 갈숲이 십여만 평, 갈꽃바다라 해도 과언이 아니다. 방향을 잃을 정도로 얽히고설킨 미로迷路, 모처럼 느껴보는 동심의 세계다.

평화다. 누구나 아이가 되어 웃음꽃이 벙근다. 모든 것을 감싸주고 보듬어 주는 곳, 철새도 떼를 지어 머물다 간다.

영화 〈공동경비구역JSA〉 촬영지로 알려지면서 평일인데도 수많은 인파가 넘실댄다. 통나무 의자에 걸터앉아 유유히 흐르는 강물을 본다. 물 위에 내리는 하얀 구름, 따끈한 차 한 잔이 이토록 달줄이야.

외나무다리, 다소곳이 비켜주던 정경이 선연하다. 내 고향 갈마을, 갈거리라 부르던 두메산골이다. 소를 몰고 겨우 건널 만한 섶다리가 몇 군데 있었다. 어쩌다 마주치면 돌아서서 얼굴을 붉히던 윗마을 순이는 지금쯤 어느 유역을 흐르고 있는지, 사르르 눈을 감고 향수에 젖는다.

갈대로 이엉을 얹은 원두막 쉼터, 보는 것만으로도 훈훈한 온기를 느낀다. 올벼를 심은 논두렁에 새막을 짓고 새를 보았다. 끈질기게 달려드는 참새떼들, 우여 우여 고함을 치다가 갯도랑에 뛰어들어 미역을 감았다. 골목대장 영철이, 오줌싸개 칠복이, 알토란같던 그 머슴애들은 지금은 어디서 무엇을 하는지 소식도 모른다.

지명知命의 언덕을 넘다가 먼 길을 떠나버린 동무가 한둘이 아니다. 십 년이면 강산도 변한다는데 세월의 강물이 반세기가 넘게 흘렀으니 사람인들 온전하겠는가.

"엄마야 누나야 강변 살자, 뜰에는 반짝이는 금모래 빛, 뒷문 밖에는 갈잎이 노래⋯⋯."

아내의 손을 잡고 콧노래를 흥얼대다가, 느릿느릿 갈숲을 헤친다. 갈꽃에 걸린 하늘만 보일뿐 그 잘난 문명의 찌꺼기는 걸리지 않는다.

재잘재잘 새소리는 들리는데 새 한 마리 보이지 않고, 소곤소곤 연인들의 밀어가 귓가에 젖는데 그림자도 볼 수가 없다. 별난 곳이다. 시간도 잊은 채 걷다가 쉬다가, 해거름에 뒤돌아선다.

철새 도래지로 소문난 금강 하구둑, 가창오리의 군무가 한창이다. 내리다 오르고 모이다가 다시 흩어진다. 금방이라도 소나기를 내릴 것 같은 검은 구름이 어느새 새털구름으로 탈바꿈한다.

거대한 공룡이 되어 엄습하다가 한 마리 학이 되어 하늘을 가린다. 산이 되다 물이 되고 저녁연기 흐르는 한 폭의 수묵화가 펼쳐진다.

장관이다. 보는 이마다 탄성을 연발한다. 생동하는 대자연의 멋진 연출에 모두 하나가 되어 감탄을 한다.

해마다 찾아오는 귀한 친구들, 이 얼마나 반갑고 고마운 일인가. 산과 들은 상처투성이요, 강과 바다는 오염된 지 이미 오래다. 그래서일까, 떼죽음을 당한 철새들도 부지기수다.

총을 겨누는 파렴치한도 적지 않고, 심지어 독극물까지 사용하는 몰지각한 인사도 있다고 들었다. 이대로 가다가는 이 멋진 친구들이 오던 발길을 돌릴지도 모를 일이다. 철새도 외면하는 땅이라면 사람인들 살 수 있으랴. 문명의 이기利器에 오만해진 인간들, 바라보는 눈길이 민망할 정도다.

관광객이 던져 주는 먹이에 살 오른 친구들, 어딘지 모르게 개운

치 않다. 누구를 위해 먹이를 주는가, 편한 먹이에 길들여지면 그는 이미 철새가 아니다. 먹이를 뿌리며 깔깔대는 사람과 무리를 지어 몰려드는 철새, 부자연스러운 풍경에 발길을 돌린다.

유난히 내川가 많은 충청도 서해안, 광천, 대천, 웅천을 건너 간천을 지나 서천에 이른다. 모시의 고장 한산에서 새날을 맞아 물어물어 동백정을 찾는다.

마량포구 바다를 내려다보는 나즈막한 언덕에 외할매 같은 정자가 나그네를 반긴다. 해송을 울을 삼아 빛바랜 잔디에 차일을 친 동백, 한 그루 혹은 세 그루, 그 여백의 미가 금상첨화다.

한겨울에 푸른 잎두 경이로운데 양귀비꽃보다 더 붉은 절개로 봄이 멀지 않음을 일깨워 준다. 날씨 탓일까, 해 짧은 동짓冬至달에 때 이른 꽃망울이 불씨를 지핀다.

격이 다르다. 선운사나 오동도 동백숲은 비할 바 아니다. 잔디와 동백 청청한 해송의 멋진 조화가 참으로 절묘하다.

순결해 보이는 백합은 지는 모습이 너무 추하다. 화려한 장미는 말라비틀어져도 질 줄을 모르고, 부귀를 상징하는 모란은 문드러져야 낙화가 된다.

지는 모습이 아리도록 아름다운 꽃, 그 무엇도 동백에 비할 바 아니다. 밟히는 꽃송이를 집어 들고 아쉬워한다. 인간의 오복五福가운데 마지막 복인 고종명考終命을 말없는 말로 보이고 있다.

걸음걸음 저무는 삶, 아름답지는 못할지언정 추해서야 되겠는가. 떨어진 꽃송이에 가슴을 앓는 소이가 여기에 있다.

여기에 정자를 짓고 동백을 기리는 선현先賢들의 뜻도 여기에 지나지 않으리라. 동백정 난간에 앉아 하늘이 차일을 친 바다를 본다. 해묵은 체증이 풀린들 이에 더하랴.

갈대와 철새 그리고 동백, 이 멋진 친구들이 훈훈한 온기로 가슴에 안긴다.

〈2005〉

울진 기행

일 년 중 가장 덥다는 중복절, 둘째 아이 가족과 함께 피서의 길을 나선다. 큰 손자 현기는 이웃 나라로 연수차 떠났고 초등학교 3학년인 준기의 재치와 익살에 출발부터 웃음꽃이다.

처妻 부모가 결코 편치 않을 터인데도 기회를 마련한 마음씨가 이 아니 가상嘉尙한 일인가. 때가 때인 만큼 대관령을 넘기가 만만치 않다. 해돋이의 명소 정동진을 지나 심곡나루에서 한숨을 고른다. 6·25 전란이 일어난 줄도 몰랐다는 말이 있을 정도로 외진 곳이다.

감자 요리로 요기를 하고 동해의 푸른 물결을 따라 남으로 향한다. 사학史學을 전공하고 대학에 출강 중인 둘째 사위, 그의 탯자리는 경상도이면서도 강원도의 정서가 짙은 울진이다. 〈월간 울진〉이라는 향토지에 '장원섭 칼럼'을 연재하면서 향토 문화의 연구와 발전에 한몫을 담당한 지 이미 오래다.

태어나 어린 시절을 보냈다는 북면 내곡리 석호부락, 아담한 모래톱에 터를 잡은 한적한 어촌이 포근하게 다가온다. 지금은 원자력 발전소가 지척咫尺에 자리하여 상전벽해 되었다며 지난날을 회상하느라 어쩔 줄을 모른다.

바다가 육지 되고 육지가 바다 되는 천지개벽이 어찌 여기뿐이랴. 어제가 옛날로 느껴지는 무상한 변화, 온고지신溫故知新을 생각게 한다.

울진 장씨의 시조공과 팔세조八世祖를 배향한 월계서원月溪書院, 장마철인데도 잡초 하나 없이 정갈한 환경이 인상적이다. 조선祖先을 흠모하고 일가一家끼리 돈목敦睦하는 가풍家風이 역연歷然하다. 인척姻戚으로 인연된 울진장문蔚珍張門, 유난히 영민英敏한 손자들을 떠올리며 살며시 웃는다.

망양정을 둘러보고 월송정에 오른다. 관동팔경 중 일경一景들이다. 망양도 좋거니와 월송은 더욱 좋다. 가슴을 파고드는 비경祕經의 풍광風光, 어찌 필설로 표현할 수 있으랴. 난간에 기대어 망연罔然타가 몇 번이나 뒤돌아보며 걸음을 옮긴다.

문화원장 오당梧堂 남문열 선생, 서예가 초사艸史 신상구 선생, 월간 울진 발행인 김흥탁 사장, 이명동 기자, 군청의 학예사, 우리 일행을 환대하는 밥상머리는 오래오래 기억에 남을 것 같다.

역사와 문화 서예에 이르기까지 걸릴 게 없는 환담歡談에 술잔을 헤이는 것은 예禮가 아니다. 만당滿堂한 방담放談 중 한 대목을 움켜쥔 초사艸史가 화선지를 펼쳐 놓고 붓을 든다.

동천년로 항장곡 桐千年老 恒藏曲

매일생한 불매향 梅一生寒 不賣香

'오동은 천 년을 늙어도 항상 한 곡을 지니고, 매화는 일생을 차게 살아도 그 향기를 팔지 않는다'는 경구警句다. 아호雅號 오당梧堂을 찬讚하는 덕담으로 들먹였는데 흰 백지 위에 꿈틀꿈틀 되살아난다.

필력筆力이 주력酒力을 만나 말 그대로 일필휘지一筆揮之다. 월간 울진을 보고 문향文鄕의 골을 짐작은 하였으나 이제 그 깊이를 알 것 같다.

금강송 군락지를·느릿느릿 걷는다. 내 이제껏 수많은 소나무를 보아 왔지만 이처럼 늠연凜然한 자태는 처음이다. 품격이 전혀 다르다. 곧고 붉은 줄기에 청청한 가지와 잎으로 하늘을 떠받치고 서 있는

기상이 범상치 않다. 대인大人을 만나면 여산여석如山如石을 느끼듯, 은연중 중압감으로 다가온다.

한 번 청산에 들면 다시는 나오지 않겠다던 고운孤雲, 일편단심一片丹心의 포은圃隱, 낙락장송落落長松 매죽헌梅竹軒, 아니 두문불출杜門不出한 현사賢士들이 다 여기에 있구나. 오금이 저려 발걸음을 옮기기가 쉽지 않다. 수없이 가슴만 쓸어내리다가 지난날 보부상들이 힘겹게 넘나들던 십이령十二嶺 옛 길에 오른다.

말내에서 소광에 이르는 이십여 리, 사람의 흔적이 희미하다. 울울창창한 숲에 가려 하늘은 조각조각 별이 되는 곳, 무슨 말이 필요하랴. 물소리 바람 소리 새소리를 가슴으로 느낀다.

노자老子 도덕경道德經의 한 구절이 스멀스멀 살아난다.

'사람의 법은 땅에 있고人法地, 땅의 법은 하늘에 있으며地法天, 하늘의 법은 도道에서 나오고天法道, 도의 법은 자연이니라道法自然'

천법天法도 자연이요, 도법道法 도 자연이다. 천도天道를 걸으며 천법을 느낀다. 물이 흐르듯 바람이 불듯 걸림없이 살고픈 마음을 되새기며 불영계곡을 거슬러 귀로에 오른다.

"눈이 아프면 하늘을 보고 사람이 싫으면 산에 오르라" 했던가. 내 언젠가 다시 와 아내의 손을 꼬옥 잡고 십이령 옛길을 휘적휘적 걸으리라.

〈2010〉

토끼와 거북이

여행엔 늘 잔잔한 설렘이 앞장을 선다. 늘그막에 누리는 물 건너 나들이에 어찌 들뜸이 없으랴만, 코스와 날짜를 정하면서부터 소풍날을 기다리는 아이가 된다. 써 보고 입어 보고 이것저것 점검하며 흥얼거리는 아내의 콧노래, ㄱ 흐뭇한 정감이 더없이 좋다.

뱃길을 이용한 천진과 북경, 코스모스 한들거리는 삽상한 햇살에 나서는 발걸음이 한결 가볍다.

만경창파에 일엽편주一葉片舟, 구름에 달 가듯이 잘도 간다. 벽해碧海에 내리는 하늘 장막帳幕, 고고천변皐皐天邊 일륜홍一輪紅이, 능금빛 너울을 쓰고 자지러진다.

해가 진 빈 공간에 해맑은 달님이 뒤따라 솟는다. 구월 열사흘, 토실한 상현달이 두둥실 밝다. 달빛에 부서지는 물결을 따라 성긴 별빛이 흐르고 나도 흐른다. 영겁으로 흐르는 흐름은 흘러흘러 어디로 가는가. 밤새워 뱃전에 흐르는 물소리만 헤다가 새날을 맞는다.

중국을 모르고는 동양東洋을 알 길이 없고, 북경을 빼놓고는 중국을 말할 수 없다지 않는가. 구주천하九州天下에 중화中華가 중심이요 그 주변은 다 오랑캐로 여기던 오만한 대국大國, 사대 모화事大 慕華

가 목에 걸려 묘한 기분으로 첫발을 옮긴다.

명明나라 영락제永樂帝의 능은문陵恩門과 능은전陵恩殿, 거목이 숲을 이룬 동산같은 무덤에 할 말을 잊는다. 하기사 진秦나라 시황始皇은 그 무덤만으로도 시공을 초월하여 오색 인종의 발길이 끊이지 않으니 죽어서 내리는 은혜도 이만하면 참으로 망극한 일이다.

폭군이 죽어서 내리는 은혜, 이는 분명 역사의 아이러니가 아닐 수 없다. 이래서 역사는 영원히 풀리지 않는 수수께끼인지도 모른다.

달에서도 보인다는 만리장성萬里長城, 시산만리尸山萬里라는 생각이 맴을 돈다. 얼마나 많은 민초들의 피와 땀과 눈물이 배어 있을까. 오랑캐를 막기 위해 진나라에서부터 한나라 명나라에 이르기까지 쌓았다는 일만여 리, 진秦도 밖이 아니라 안에서 망했고 한漢도 명明도 망국의 원인은 밖이 아니라 안에 있었다.

안개에 젖은 팔달령八達嶺 장성에 올라 흥망성쇠의 무상無常을 본다. 수많은 장졸이 목숨을 잃어야 하나의 장수가 공攻을 이루듯, 걸출한 문화유산은 하나같이 백성의 생명을 담보로 피워 낸 꽃들이다. 돌 한 덩이 벽돌 한 장에도 필부필부匹夫匹婦의 일그러진 모습이 아른거려 도리질만 하다가 뒤돌아선다.

중국을 상징하는 천안문 광장, 느림으로 천하를 평정하려는 저력이 보이는 듯 하다. 긍지 높은 어제를 발판으로 거대한 오늘이 느릿느릿 꿈틀대는 게 느껴지는 곳이다. 민주화를 외치다가 수많은 젊은이가 피를 흘리던 역사의 현장, 붉은 탱크를 맨손으로 가로막던 한 청년의 절규가 언뜻언뜻 명멸한다.

천안문을 지나 단문端門을 넘어 오문午門에 서서 태화전太和殿을 본다. 흥망의 비사祕事를 심궁深宮은 불언不言이라, 말 없는 말에 긴 흐름을 읽는다.

삼십여 만 평에 크고 작은 전각이 팔백여 채, 말 그대로 구중궁궐이다. 이 안에 있는 각기 다른 방이 구천구백구십구 개라는 말에 오금이 저리던 조선의 사신들이 눈에 밟혀 연민의 정을 금할 길이 없다.

중화전 보화전을 지나 어화원御花園의 비경祕境에 취하다가 명나라 마지막 왕인 숭정황제가 목을 매어 자결한 경산景山에 이르러 숨을 고른다. 핀 꽃은 반드시 지고 달도 차면 기우는 자연의 순리, 거

대한 역사의 수레바퀴는 오늘도 쉬임 없이 돌고 있다.

삶이 한 조각구름이듯, 부귀도 권세도 다를 바 없다. 백성을 동원하여 거대한 산과 호수를 만든 이화원頤和園에 추적추적 비가 내린다. 무려 반세기 동안이나 권세를 휘두르던 희대의 여걸 서태후도 한 줌 흙으로 돌아갔고 노닐던 흔적만 남아 세인의 이목을 끌고 있다. 빗소리를 즐기던 긴 복도, 일만사천여 점의 각기 다른 그림도 가관이다. 한 시대에 쌓인 백성들의 원성이 후대에 자랑과 긍지가 되는 모순, 무심한 빗소리에 나그네의 발걸음이 가볍지 않다.

살다보니 이런 날도 다 있는가. 소국인이 상전이 되어 대국인이 끄는 인력거를 타고 그들의 뒷골목을 누비고 있다. 저만큼 비켜서서 물끄러미 쳐다보는 군상들을 히죽히죽 내려다보는 기분, 이는 분명 상전벽해요 천지개벽이다.

관광지 어디를 가나 소국인의 물결이 도도하다. 내미는 손길에 우리 돈 천 원만 주어도 상전의 인사를 수없이 받는다. 천 원의 위력이 이토록 크다는 말인가. 우황청심원에 비아그라 심지어 호박씨까지, 원화를 벌기위한 왕 서방의 노력이 가상할 정도다. 어느 식당은 풍악을 울려 맞이하고, 어느 곳에선 고린내 나는 발을 주물러 허리를 굽힌다. 이들을 어떻게 보아야 하는가.

좀처럼 속내를 드러내지 않는 대국인들, 모든 게 만만디漫漫地다. 천천히 드세요, 천천히 하세요, 심지어 만만라이漫漫來 천천히 오세요 한다. 이 정도면 느림이 아니라 여유다. 공원이나 길가에서 이들이 즐기는 운동 타이치太極拳. 팔과 다리를 어정쩡하게 구부린 자세로 느리게 움직인다. 태권도에 익숙한 우리들 눈에는 갑갑하리만큼 굼뜨다.

느림으로 세월을 누리는 사람들이다. 느림으로 파고들고, 느림으로 이기려 든다. 기차가 몇 시간 늦기는 예사요 비행기도 제시간에 뜨는 법이 드물다고 들었다. 취사도구와 덮을 것을 챙겨들고 거북이걸음으로 기어가는 기차 안에서 희희낙락, 시간을 즐길 줄 안다. 이만한 여유가 있기에 만리장성 같은 불후의 유산을 남겼는지도 모른다.

실크점, 진주 가게, 그 유명한 동인당이나 길거리에도 우리의 행동은 거침이 없다. 깔깔대는 우리의 웃음소리가 바위 같은 거북이 앞에 경망스러운 토끼 꼴로 보이는 것은 소심한 내 노파심 때문일까.

느릿느릿 꿈들대는 황하黃河의 잠룡潛龍을 뒤로하고 돌아서는 발걸음이 개운치 않다.

〈2003〉

서안기행西安紀行

진시황秦始皇, 그의 무덤 앞에 망연히 서 있다. 개구리가 태산을 만난들 이에 더하랴, 짓눌리는 중압감에 어쩌지를 못한다.

참으로 모를 일이다. 한 줌 흙이 너무 적어 이토록 많은 흙을 더했단 말인가. 스무 층 건물 높이에 그 둘레가 십오 리, 공사기간은 무려 삼십하고도 칠년을 더했다. 더욱 놀라운 일은 지하 황실의 비밀을 위해 내부공사에 동원된 백성들을 전원 순장殉葬시켰다는 것이다.

유한한 인간의 무한한 욕망에 경악을 금할 길이 없다. 개미떼처럼 오르내리는 민초民草들의 지친 모습이 언뜻언뜻 명멸明滅한다.

채찍 소리 들린다. 엎어지고 쓰러지고 식어가는 목숨 위에 흙이 덮힌다. 만리장성萬里長城을 시산만리尸山萬里라 했던가. 시산황릉尸山皇陵이 불가사의不可思議한 문화유산으로 남아 이렇게 오색 인종의 발길이 끊이지 않고 있다.

진秦나라 시황제, 성姓은 영嬴이요 이름은 정政이다. 춘추전국 시대에 변방국의 왕자로 태어난다. 조趙나라의 거상巨商이자 외교관이었던 여불위와 그의 모후와의 염문은 차치하고라도 열세 살 어린 나

이에 왕위에 올라 거센 풍랑과 맞선다.

선왕先王이 중용重用한 여불위를 제거하고 끝내는 그의 어머니마저 죽여야 하는 아픔을 겪는다. 군마를 휘몰아 전장戰場의 사선을 수없이 넘나들어 마침내 천하통일天下統一의 대업을 이룬다.

갱유坑儒로 말 많은 지식인들을 일시에 쓸어버리고, 분서焚書로 이전의 제도를 단칼에 잘라 내어 서동문書同文 거동궤車同軌의 새 질서를 세운다. 북녘의 흉노를 막기 위해 만리에 이르는 담을 쌓고 호화의 대명사인 아방궁을 높이 세워 장생불사의 꿈을 꾸면서도 한편으로는 사후를 위해 제 무덤을 제가 만들던 희대의 걸물傑物이다.

황제에 오른 지 불과 7년, 자기의 영투를 순시하다가 세수歲首 겨우 오십五十에 비명횡사非命橫死하여 여기에 묻히니, 죽음 앞에 만인은 평등하다는 자연의 순리가 이 아니냐.

허이허이 능선에 올라 땀을 식히며 숨을 고른다. 이 아니 망극한 일인가. 내 발 아래 황제가 누워 있다. 이전 같으면 능지처참을 당하고도 남을 일이나 무상한 흐름의 변화에 짜릿한 희열을 느낀다.

산 자와 죽은 자, 피차간의 차이다. 내 어찌 이승의 남은 목숨을 즐기지 않으랴.

황제를 딛고 서서 발 아래 천하를 내려다본다. 아방궁을 불태우던 역발산 항우는 지금 어디에 있는가. 사위어 가는 아내의 손을 잡고 헤실헤실 웃음을 흘리다가 발길을 돌린다.

30년 전, 우물을 파던 한 농부에 의해 그 위용을 세상에 드러낸 병마용兵馬俑이 장관이다. 70명씩 3열 횡대로 정열한 전위부대 뒤로

11개 종대가 도열해 있다. 6000여 명의 군졸들이 갑옷에 병기를 들고 수레를 휘몰아 함성을 지르며 금방이라도 달려들 기세다.

그 표정이 살아 있다. 굳게 다문 입, 부릅뜬 눈망울에 전율을 느낀다. 무엇을 위함인가. 능으로부터 1.5킬로미터 전방, 음부陰府의 황실을 지키기 위한 군영軍營이다. 부질없다 탓하지 말자. 폭군도 이만하면 불후不朽의 유산을 역사에 남긴 천고일제千古一帝에 손색이 없다.

당나라 현종과 양귀비가 사랑을 불태우던 화청지華淸池, 옥으로 빚은 반라半裸의 여인에 눈길이 멎는다. 경국지색傾國之色이 가슴을 드러낸 채 살며시 웃고 있다.

이울어 가는 이순耳順의 노인이 스물여섯 농익은 며느리의 미모에 넋을 잃는다. 불륜의 벽을 넘은 불붙은 사랑은 그 유명한 백낙천의 장한가長恨歌를 후세에 남겼으나, 귀비를 시샘하는 안록산의 반란으로 모든 걸 잃고 쓸쓸한 최후를 맞이한다.

시황은 걸출한 문화유산을 남겼고 현종은 부끄러운 이야깃거리를 남긴 셈이다. 이래서 역사는 오늘의 거울이요, 내일의 이정표라 했는지 모른다.

주周나라 문왕으로부터 당나라까지 2천여 년의 역사유물이 발치에 걸리는 고도古都 서안西安. 강태공이 곧은 낚시로 세월을 낚던 위수渭水는 오늘도 유유히 흐르고 있다.

서기 652년, 현장법사가 천축국으로부터 들여온 불경佛經을 기념하여 세웠다는 대안탑大雁塔이 옛 모습 그대로 남아 있다. 벽돌을 구워 쌓아올린 7층 누각, 천삼백여 년의 풍상을 이겨온 위용이 당당하다.

해자垓字의 물결 위에 그림자를 드리운 서안성벽을 기웃대다가 비림碑林에 접어들어 발길이 멎는다. 일천여 기의 석비石碑와 법첩法帖들이 숲을 이룬 보고寶庫, 유교경전을 114개의 석판에 새긴 개성석경開城石經에 탄성이 절로 난다.

서성書聖 왕희지를 비롯하여 안진경, 구양수, 저수량, 대취하여 붓끝이 보이지 않을 정도로 일필휘지一筆揮之하던 초서草書의 달인 장욱, 어느 하나 눈길을 뗄 수가 없다. 서법의 변천이 일목요연하고, 석비의 변화도 한눈에 보인다.

날이 저문다. 무리에 어울린 신세라 더 머물 수도 없다. 열 번을 본들 별 수 없으련만 몇 번이고 뒤돌아보며 아쉬워한다.

하늘을 날아 바다를 건너 힘겹게 찾아온 나그네, 양귀비가 즐겨 먹던 용안龍眼도 맛을 보고, 서태후가 찬사를 했다는 교자연으로 만찬을 즐긴다.

허허! 오래 살고 볼 일이다. 나 같은 서민도 이런 호사를 누리고 있으니 말이다.

내 아직은 살아 있으니, 이 아니 즐거운가…….

〈2004〉

비몽사몽非夢似夢

장량張良, 제갈량에 버금가는 책사策士다. 한신과 함께 유방을 도와 진秦나라를 멸망시키고 한漢나라를 세운 공신功臣 중 하나다.

그 장량이 세상을 등지고 은거隱居하던 장가계張家界, 산이 높고 골이 멀어 세인의 접근이 쉽지 않던 별유세계別有世界다.

"토끼를 다 잡으면 사냥개를 삶는다" 했던가. 고난은 같이 해도 영화는 함께할 수 없음을 알고, 부귀도 영화도 미련없이 버릴 줄 알던 현자賢者였다. 한신은 버릴 줄 모르다가 비명에 죽었고, 장량은 버릴 줄 알아 천수를 누렸다. 산이 되고 물이 되어 바람과 구름을 넘나들던 은자隱者의 초연한 모습이 아른거린다.

서안에서 프로펠러 비행기로 비까지 내리는 밤하늘을 힘겹게 날아 내일은 제발 맑기를 바라면서 여장을 풀었다.

다행이다. 아니 행운이다. 이렇게 맑고 시원하기는 드물다며 연신 싱글대는 안내인의 미소에 발걸음이 가볍다.

해발 1300여 미터의 천자산을 케이블카로 가벼이 오른다. 와! 와! 관광이라는 말이 허사는 아닌가 보다. 여기를 보나 저기를 보나 감탄사가 절로 난다.

이태백도 도연명도 찬사를 했다는 무릉원武陵源, 말로만 듣던 선경仙境이 예 아닌가 싶다. 천하 절경이다. 천군만마가 도열한 듯한 기암기봉奇巖奇峰이 천태요 만상이다.

시인이 보면 대 서사시요, 화가가 보면 천하제일의 산수화다. 사가史家가 보면 기억연륜의 역사요, 철인哲人이 보면 모든 게 다 만고의 진리다.

넋을 잃을 수 있다는 미혼대迷魂臺, 감도는 물안개에 신비를 더한다. 비단결 운해雲海 위에 유유히 흐르는 한 척의 배가 되다가 외로운 섬이 된다. 어디선가 옥피리 소리가 들릴 듯 하고 금방이라도 선녀의 사뿐한 춤사위가 보일 듯 하다.

바람이 분다. 천 길 암벽을 가리던 구름이 걷히고 만 길 허공이 발 아래 아련하다. 눈앞이 혼미하여 몇 번이고 도리질을 하다가 눈을 감는다.

순간순간 변화하는 비경祕境에 취해 한 걸음 옮기기가 쉽지 않다. 구름다리를 건너 후화원后花園을 기웃대다가 혼미한 정신을 가까스로 추스려 승강기에 오른다.

수직 326미터, 가물가물 절벽에 걸린 사다리를 타고 떨어져 내린다. 내려보던 절경을 고개를 들어 올려다보는 스릴, 방금 타던 사다리가 구름 위에 걸렸다. 꿈인 듯 아닌 듯 말 그대로 비몽사몽非夢似夢이다.

심산유곡이 살아있는 그림이 되어 하늘에 닿은 십리화랑十里畫廊, 보이지 않는 새소리, 바람 소리, 풋풋한 풀 향기는 덤으로 넘치니 이 아니 좋은가.

허리에 구름을 두른 절벽 사이로 조각조각 하늘이 걸리는 금편계곡, 비단길 이십 리가 기화요초다. 하얀 물 위로 새소리 구르는 이끼 낀 길을 아내와 함께 말없이 걷는다. 머물고 싶은 마음 굴뚝 같으나 주어진 여가가 너무 짧다.

산그늘 물그늘이 조화로운 보봉호에서 뱃놀이를 즐기다가 황용동굴에 빨려든다. 동굴 속 검은 강, 배를 저어 물을 건너 실어증을 앓는다.

숲을 이룬 석순과 석주 종유석이 형형색색 조명을 받아 용궁의 세계를 연출한다. 정해신침定海神針이라 이름한 석순, 직경이 겨우 10센치 정도의 투명한 창날이 20미터에 이른다. 바람이 조금만 불어도 부러질 것 같은 마음은 인지상정人之常情이라, 인민폐 1억 원의 보험에 들었다는 말에 다시 한 번 눈여겨본다.

물이 흐른다, 시간이 흐른다, 백문이 불여일견 장가계 무릉원, 아쉬움을 남겨둔 채 뒤돌아선다.

장가계에서 유주를 지나 기차 안에서 새날을 맞는다. 버스를 갈아타고 다시 두어 시간, 천하에 갑甲이라는 계림산수桂林山水가 나그네를 반긴다.

내 고향은 호남의 진안골이다. 비사벌에서 동북쪽으로 백여 리, 말 귀를 닮았대서 붙여진 마이산馬耳山으로 조금은 알려진 산중 오지다. 그런데 이 어인 일인가, 전후좌우가 다 마이산으로 숲을 이룬다. 그 수가 무려 삼만팔천여 봉, 더욱이 물 맑기로 소문난 이강漓江

이 감돌아이 흐르니 천하에 으뜸이라는 찬사가 나올 만도 하다.

코끼리가 강물을 마신다는 상비산 공원, 춤추고 노래하는 대국인들이 이채롭다. 흐느적흐느적 태극권에 몰입한 노인, 쭈그리고 앉아 쌀국수 한 그릇으로 허기를 달래는 허름한 군상, 희희낙락 마작을 즐기는 무리, 계림인들의 아침 풍경도 구경거리다.

이백李白이 기경騎鯨 비상천飛上天하니
강남풍월江南風月이 한다년閑多年이라

이태백이 고래를 타고 하늘에 오르니 강남풍 월이 한가헤졌다는 마자재의 시다. 이백이 고래를 탄 그 강이 바로 이 강이다. 이 강에 배를 띄워 이백의 그림자를 밟는다. 술 한 말에 시 백 편을 지었다는 주선酒仙이요 시선詩仙인 이백李白이, 조각달을 손에 쥐고 히죽히죽 웃음을 흘릴 것 같은 환상에 젖는다.

"차라리 계림인이 될지언정 신선을 원치 않는다"는 첩채산 풍동風洞, 그러나 나는 계림인을 부러워하지 않는다.

저 동방의 해 돋는 나라 내 조국을 자랑으로 여기는, 대한국인大韓國人이다. 무지개빛 날개를 타고 멀어지는 계림을 뒤돌아보며 타고르가 예찬한 '동방의 등불'을 조용히 읊는다.

〈2004〉

이백李白이 기경騎鯨 비상천飛上天하니

강남풍월江南風月이 한다년閑多年이라

고양이와 쥐

시대의 혜택을 누리며 사는 편이다. 일일이 열거하기는 쉽지 않으나 가벼운 여비로 이웃나라의 풍물을 엿볼 수 있는 것도 그중 하나다.

경비로 치면 제주도나 저 동남아의 태국이나 거기서 거기다. 그래서일까, 조용한 아침의 나라 백성들이 지구촌 구석구석 봇물을 이룬다. 내 부모 세대만 해도 꿈도 못 꾸던 호사가 아닐 수 없다.

대국大國(?)은 이번이 세 번째 걸음이다. 북경과 천진을 거쳐 서안, 장가계, 계림을 주마간산으로 지나왔다. 동양문명東洋文明의 축이요, 중화中華가 곧 천하天下로 알던 곳이니 가려진 보고寶庫와 비경祕境이 얼마나 많으랴.

울안의 목련이 벙그는 춘삼월, 지는 해를 내려다보며 날아오른다. 세계일촌世界一村이라 했던가. 느긋하게 차 한 잔 마실 시간인데 상해의 야경이 발 아래 깔린다.

무려 이천여 만 명이 모여 산다는 하늘 아래 제일 큰 동네가 아니던가. 치솟은 빌딩 휘황한 불빛에 자는 둥 마는 둥 아침을 맞는다.

예원을 가나 남경로를 가나, 말 그대로 인산인해人山人海다. 어디를 가나 인파人波가 만파萬波다.

동방명주 타워에 올라 포동浦東 포서浦西를 내려다본다. 금융, 무역, 해운의 허브답게 어디를 보나 활기가 넘친다.

죽의 장막은 옛말이 된 지 이미 오래다. 작은 거인 등소평이 제창한 실용주의, 그의 흑묘백묘론黑猫白猫論은 오늘의 중국을 탄생시켰다.

"고양이 색깔을 따지지 말라. 쥐를 잡는 게 고양이다."

이 평범한 진리를 저 북녘 지도자는 왜 외면을 하는지 참으로 모를 일이다.

약육상식의 치열한 진징, 이익과 생존 앞에는 우방과 적국이 따로 없는 게 국제질서다.

이백여 개의 크고 작은 나라들이 얽히고설킨 게 지구촌이다. 타의 추종을 불허하는 초강국이 미국이요, 그 다음이 우리의 이웃 일본이다. 엎친 데 덮친 격인가, 우리가 오랑캐로 여기던 옆 동네가 버금의 자리를 치받고 있다. 예나 지금이나 우리 앞에 파고波高는 높기만 하다.

우리는 역사의 질곡桎梏을 수없이 겪었다. 반만년 역사에 천 여 번의 외침은 차치하고라도, 일제 강점기에 이어 동족상잔의 큰 상처를 입었다. 미국인들이 보내준 헌 옷가지를 걸치고, 우방의 구호품으로 끼니를 연명하던 최빈국의 대열에 우리가 있었다. 불과 사십 여 년전 일이다.

장충체육관 건물도 필리핀 기술진에 의해 지었다면 다한 말이다.

돌이켜보면 비상한 시대에 비상한 지도자가 나타나 비상한 정책으로 이끌어 주었다.

"우리도 한 번 잘 살아 보세."

폐허를 딛고 서서 한으로 절규하던 우리의 구호가 아니었던가. 우리는 1969년을 기억할 필요가 있다. 북한과 필리핀 경제를 추월한 원년이기 때문이다.

그로부터 불과 삼십여 년, 수출 삼천억 달러로 세계 10위권에 턱걸이를 했다. 오대양 육대주를 누비는 우리의 상표 메이드 인 코리아, 이곳도 예외는 아니다.

지난 해, 종업원 오만여 명의 삼성전자 총 매출액이 칠백 이십억 달러다. 반면 인구 이천 삼백여 만의 북한은 총 생산이 이백 팔억 달러였다는 것이다. 그렇다면 우리 대기업의 삼분의 일에도 못 미치는 북한 경제가 아니던가.

굶주림을 견디다 못해 목숨을 걸고 탈출하는 백성들이 줄을 잇는 나라, 쥐도 못 잡는 고양이라는 생각에 연민의 정을 금치 못한다.

미국, 중국, 일본의 트라이앵글 각축장, 그 중간에 우리가 있다. 우리는 지금 어디로 가고 있을까.

작아도 큰 나라로 자리매김한 유럽의 스위스, 우리의 모델이라는 생각에 희망이 있다.

우리와 중국, 국토는 백 배에 가깝고 인구는 서른 배에 이른다. 긍지 높은 중화사상, 찬란한 문화유산, 대국과 소국의 함수관계는 우리가 넘어야 할 태산이 아니겠는가.

대국의 명승지를 휩쓸고 다니는 대한국인들, 그 대열에 끼어 깊은 상념에 젖는다.

"어제를 잊지 말고 앞을 보라"는 메아리가 소시민의 가슴에 화살로 박힌다.

〈2007〉

오월동주吳越同舟

상유천당上有天堂 하유소항下有蘇杭이라는 말을 여행 안내서에서 읽는다. 하늘에는 천당이 있고, 땅에는 소주와 항주가 있다는 말이다.

그도 그럴 것이 장강長江 하류下流의 비옥한 옥토가 일망무제一望無際니 그런 자랑이 나올 만도 하다.

동양의 베니스라 불리는 소주, 상해에서 버스로 두어 시간 거리다.

오월동주의 무대가 바로 여기다. 춘추전국春秋戰國시대에 소주는 오吳나라요, 항주는 월越나라다. 빼앗고 빼앗기던 싸움이 끊이지 않던, 말 그대로 견원지간犬猿之間이다.

월나라 왕 구천은 오나라 왕 부차의 변便을 먹으면서까지 구차한 목숨을 연명한다. 천하일색天下一色 서시西施의 미인계로 환심을 사고 와신상담臥薪嘗膽 힘을 길러 오나라 왕 부차의 무릎을 꿇린 대역전극을 연출한다. 생각할수록 흥미로운 한 편의 드라마를 새김질하며 소주에 이른다.

유네스코가 문화유산으로 지정한 졸정원拙政園을 눈여겨본다. 오백여 년 전 명나라 때 왕현신이라는 사람이 만든 정원이다.

좋다. 어디를 보나 낯설지 않다. 함축된 대자연이 포근한 정감으로 가슴에 닿는다.

곤륜崑崙과 대하大河가 한눈에 보이고 봄 여름 가을 겨울이 지척에 있다. 음陰과 양陽이 조화롭고, 오행五行이 상교相交한다.

문文이 있는가 하면, 무武가 있고, 시詩 예禮 악樂이 어우러져 한 송이 꽃으로 피어난다. 보고 또 보아도 질리지 않고 걷고 걸어도 지침이 없을 듯 하다.

인생은 짧고 예술은 길다 했던가. 사람은 가고 없어도 그가 남긴 정원은 문화유산으로 역사에 남아 세계인의 발길이 줄을 잇는다.

좋은 시 한 편은 천년에 빛닌다. 장계張繼가 지은 '풍교야박楓橋夜泊'이라는 이 시가 없었다면 한산사寒山寺가 이토록 많은 사람의 사랑을 받았을까 싶다.

월락오제상만천月落烏啼霜滿天

찬 서리 내리는 밤하늘 달 지자 까마귀 울고

강촌어화대수면江村漁火對愁眠

강 마을 고기잡이 불빛에 잠 못 이루는데

고소성외한산사姑蘇城外寒山寺

고소성 밖 한산사 은은한 종소리

야반종성도객선夜半鍾聲到客船

깊은 밤 배 위에 누워 시름을 달랜다

함축된 은유가 읽는 이의 마음에 단비로 젖는다. 눈을 감으면 금방이라도 그 종소리가 들릴 것만 같다.

약간의 시주만 하면 그 유서 깊은 종을 세 번 칠 수 있다고 한다. 어느 불자佛子의 불심佛心인지 은은한 종소리가 돌아서는 나그네의 발길을 잡는다.

오吳에서 월越은 오백 여 리, 노을에 물든 지강之江을 건너 항주에 이른다.

적국의 왕을 섬기면서도 오직 조국 광복을 위해 목숨을 던졌던 비운의 여인 서시, 중국 사대미인四大美人 중 하나다.

서쪽에 있기도 하지만 서시를 기리는 서자호西子湖, 피어오르는 해무海霧가 인상적이다.

소동파가 이곳 지사로 있을 때 쌓았다는 소제蘇堤, 그 길이가 십리에 가깝다. 중간중간에 아치형으로 다리를 놓아 물과 배가 흐르게 하고 그 안에 세 개의 섬을 만들어 띄워 놓았다. 산과 물의 조화가 참으로 절묘하다.

백낙천도 여기서 시를 읊었다고 들었다. 나룻배를 타고 한 줄기 바람이 되어 물 위에 흐른다. 시인이 아니라도 누구나 시 한 수 읊을 것 같은 시상에 젖는다.

숲과 꽃, 물과 새소리가 어우러진 소제를 사위어가는 아내와 함께 걷고 싶은 마음 굴뚝같으나 일정에 쫓기어 아쉬움을 남긴 채 뒤돌아선다.

천하에 으뜸이라는 황산黃山을 향하면서 문득, 분단된 내 조국이 떠오르는 까닭은 무엇일까.

한 배를 타고 서로 총칼을 겨누길 반세기, 오월동주가 어디 따로 있으랴.

'오월동주吳越同舟.

원수가 한 배를 탔다는 말이다. 허나 아무리 미워도 풍랑을 만나면 합심하여 키를 잡고 노를 저어야 서로 살 수 있다는 잠언箴言이다.

오월동주, 남과 북 오늘을 사는 우리 모두에게 던져진 숙명 같은 화두가 아니겠는가.

〈2007〉

황산黃山 원족遠足

등황산登黃山 천하무산天下無山이라 했다. 황산에 오르면 하늘 아래 모든 산이 시들해 보인다는 명산名山, 가는 길이 녹록지 않다.

얼마 전 개통된 고속도로를 타고 접경인 항주에서도 한나절은 족히 걸린다고 한다.

산을 꿰뚫고 물을 건너기 반나절, 드디어 안휘성에 접어든다. 방금 지나온 절강성과는 펼쳐지는 풍광이 전혀 다르다. 삿갓배미, 뙈기 밭, 깎아지른 산비탈까지 노란 유채꽃이 융단을 깔았다.

산이 높으면 들이 좁고, 그만큼 사람살이는 힘들지 않겠는가.

노을에 물든 황산 마을, 명나라 때 거리가 그대로 보존된 노가老街를 걷는다. 붓, 먹, 벼루의 생산지답게 문방사우文房四友와 고서古書가 발치에 걸린다.

음식을 들고 나와 지나가는 사람을 힐끔거리며 젓가락질을 하는 사람들, 흥미로운 구경거리다.

여명이 밝는다. 서쪽 하늘이 예사롭지 않다. 대나무 그림자가 빗질을 하는 비취계곡을 지나 마음에 점 하나 찍고 버스에 오른다.

속인의 접근을 시험이라도 하는 것일까. 후두둑 후두둑 비가 뿌리고 짙은 구름이 앞을 가려 지척咫尺이 묘연하다.

구절양장九折羊腸을 기어올라 해발 860미터의 운곡사에 닿는다. 다시 케이블카에 매달려 구름을 헤치고 1660미터의 백아령에 내린다.

우비에 지팡이를 짚고 돌계단을 더듬기 두어 시간, 1860미터의 광명정에서 숨을 고른다.

건 듯 부는 바람결에 보일 듯 말 듯 모습을 드러내는 영봉靈峰들, 그래서 더욱 신비를 더한다.

오리무중五里霧中을 얼마나 헤쳤을까. 구름의 장막이 잠깐 걷히고 천애天涯의 난간에 살포시 내려앉은 비래석飛來石이 그 자태를 드러낸다.

운해에 돛을 달고 흐르는 괴암 기봉, 별유천지別有天地 비인간非人間이 분명하다.

사람에 격格이 있듯 산에도 격이 있다. 우리의 금강金剛은 빼어나기는 하나 장엄미가 부족하고, 두류頭流는 장엄은 있으나 빼어나지 못한 아쉬움이 있다.

금상에 첨화다. 빼어남이 으뜸이요, 장엄에 손색이 없다. 장가계는 어딘지 모르게 음산한 느낌이 있으나 황산은 넘치는 남성미가 압권이다.

신선이 있다면 예 말고 어디에 머물랴. 고래를 타고 비상飛上한 이백李白이 보일 듯 하고 공맹노장孔孟老壯의 초탈한 웃음소리가 홀연히 들릴 듯 하다.

다리가 후들거리고 정신이 혼미하여 넋을 잃고 시간을 잊다가 사림각에 여장을 풀고 명산名山의 새날을 맞는다.

일출日出을 맞으려는 일행들의 부산한 발소리에 눈을 뜬다. 일희일비一喜一悲라 했던가. 어제를 보상이라도 하듯 동녘하늘에 성긴 별빛이 총총하다.

행운이다. 자줏빛 장막을 해치고 능금 빛 해님이 얼굴을 내민다.

삼대적선三代積善을 해야 볼 수 있다는 황산일출, 감동이 진하여 말문이 막힌다.

장엄한 기상의 서해대협곡, 구름에 흐르는 배운정, 절세의 비경 몽필생화, 눈길 머무는 곳마다 감탄이요, 탄성이다.

시인 천상병은 귀천歸天하면서 이렇게 읊었다.

나 하늘로 돌아가리라
이 세상 소풍 끝나는 날
가서 아름다웠다고 말 하리라

이 세상 소풍길, 이틀에 이르는 황산 원족이 오래오래 보람과 즐거움으로 기억되리라.

관절염을 앓으면서도 그림자처럼 동행해 준 아내의 손을 꼬옥 잡고 다음 소풍을 위해 세속世俗으로 내린다.

〈2007〉

별유세계別有世界

〈세상은 넓다〉라는 텔레비전 프로를 즐겨본다. 안방에 앉아서 지구촌 구석구석을 엿볼 수 있으니, 이 아니 좋은가.

'동화의 세계'라는 중국 사천성四川省 구채구九寨溝 풍경이 벌써 몇 번째 펼쳐신나. 견물생심見物生心이라 했던가. 만물이 소생하는 심월 그믐날, 늙을수록 정이 드는 내자를 길벗삼아 길을 나선다.

촉한蜀漢의 옛 도읍지 성도成都, 세 영웅이 도원桃園에서 결의를 한 삼국三國의 한 무대가 바로 여기다. 그들의 자취는 여정旅程 말미로 미루고 여사旅舍에서 새날을 맞는다.

장강長江의 지류인 민강을 거슬러 만년설이 아련한 민산준령을 기어오른다. 오르다가 내리고 돌고 건너기를 한나절, 해발 이천오백여 미터의 '모현'에서 점심을 한다. 백록담보다도 더 높은 곳인데도 고개를 젖혀야 하늘이 보이는 산자락에 불과하다.

TV에서 보던 차마고도車馬古道를 연상케 한다. 갈지之 자를 수없이 그리며 깎아지른 절벽을 용케도 타고 오른다. 마른 풀잎을 뜯는 양떼가 정겹고, 순하게 보이는 야크도 눈요기 감이다.

강족 자치구를 지나 티베트족 자치구, 그들의 강인한 삶이 놀라울 정도다. 바람이 불면 돌 모래가 날릴 것 같은 푸석한 바위 사이로 마른 풀잎만 황량하다. 묘기를 부리듯 틈새 틈새에 손바닥만한 밭을 일구어 목숨을 연명한다. 어찌 이들 뿐이랴. 오십여 소수 민족이 한족漢族에 밀려 협곡이나 고산지대에 터를 잡고 그들의 문화와 전통을 연면히 이어 오고 있다.

여기저기 오색 천의 깃발이 널려 있다. 길가에 세운 것은 길손의 행운을 위한 것이라는 말에 흐뭇한 마음으로 눈여겨보게 된다.

모니구 자갈폭포, 고도 사천삼백여 미터라는 말이 믿기지 않는다. 정상은 구름에 가려 보이지 않고 만년설이 녹아내려 하얀 비단으로 산허리에 널린다.

조금만 걸어도 현기증이 인다. 가쁜 숨을 몰아쉬는 아내와 함께 천혜의 비경에 실어증을 앓는다.

티베트족 아홉 개 마을에서 유래되었다는 구채구, 참으로 별유세계別有世界다. 삼천여 미터의 고산인데도 소나무 잣나무 전나무가 울울창창하다. 그 사이사이로 진귀한 수목들이 숲을 이루고 그 자락에 도화桃花가 만발한다. 여기에 밤사이 가볍게 눈이 내려 백화白花가 흐드러졌다. 분홍 도화에 순백의 백화, 금상첨화라는 말이 무색할 지경이다.

눈을 뗄 수가 없고 발걸음을 옮길 수도 없다. 세속에 찌든 발로 어디를 밟으며, 풍진에 흐려진 눈으로 무엇을 보랴. 한참을 제자리에 서서 어쩌지를 못한다.

무지개 서리서리 물 위에 어린 곳 오화해五花海, 진주알이 줄줄이 쏟아지는 진주탄 폭포, 잠든 용이 보일 듯한 와룡해臥龍海, 다섯 가지 색깔을 풀어 놓은 오채지五菜池, 경해, 수정구, 일측구, 눈길이 닿는 곳마다 감탄이요, 경탄이다.

유리알같이 맑은 호수, 언제부터 잠겨 있는지 모르는 나무들이 썩지 않고 그 모습 그대로 드러난다. 수지청즉 무어水之淸則 無魚라 했는데 저 깊은 밑창까지 훤히 들여다보이는 물에 고기떼가 노니는 광경이 기이하다.

이에 더 맑은 물이 어디 있으랴. 고요하다. 어디를 보아도 큰물의 흔적이 보이지 않는다. 돌돌돌 흐르는 갯도랑도 물살의 상처가 전혀 없다. 그렇다면 흐르는 붇이 일성하나는 반증이 아니겠는기.

눈을 들어 올려다본다. 만년설을 이고 있는 산마루가 아득하다. 어림잡아 천여 미터는 넘어 보인다. 태풍도 폭우도 눈사태도 없었다는 말인가. 그러고 보니 바람에 부러지고 쓰러진 나무는 보이지 않는다.

선계仙界를 찾아온 속인俗人에게 "어떻게 알고 왔느냐"고 물었다. "저 밑에 사는 어부이온데, 탐스러운 도화가 흘러오는 것을 보고 찾아왔다"는 말에 "허허. 못 믿을 손, 도화로다."했다는 무릉도원의 설화를 연상케 한다.

"어서 나가라"는 일갈이 들릴 것 같아, 이방의 나그네 아쉬운 발길을 돌리고 만다.

오른 만큼 내리기를 하루 해, 낙산 대불大佛을 우러러 옷깃을 여민다. 청이강, 대도하, 민강이 합류하는 소용돌이에 많은 어부가 목숨을 잃었다. 이를 긍휼히 여긴 해통법사가 그 절벽에 부처를 모셔 중생을 구하고자 했다. 지금으로부터 천이백여 년 전 일이다.

무려 구십여 년에 걸쳐 높이 칠십여 미터의 대불을 절벽 계곡에 새겨 놓았다. 엄지 발톱 위에 탁자를 놓고 넷이서 차를 마실 수 있다고 하면 그 위용이 짐작되고도 남는다.

이 온화한 부처의 미소가 죽의 장막을 허문 것일까. 합장하는 중화인들이 줄을 잇는다.

삼국시대를 재현한 금리錦里 거리를 지나 한소열 묘漢昭烈 廟, 무후사武候祠에 향 한 줌 사른다.

별유세계에 넋을 잃다가 낙산대불의 미소를 가슴에 안고 파김치가 되어 귀로에 오른다.

애면글면 여행은 이래서 살맛이 난다.

〈2008〉

춘성春城 나들이

삶이 심드렁해지면 배낭 하나 짊어지고 나그네가 된다. 내 나라 어느 한적한 구석이라도 좋고 풍물風物이 다른 이국異國이라면 말할 것도 없다.

은행잎이 곱게 물드는 시월 열이레, 중국 운남성을 항해 길을 나선다. "어디를 또 가느냐"는 주위의 인사에 소이부답笑而不答 살며시 흘리는 내자內子의 미소가 밉지 않다.

생동감이 넘실대는 공항 라운지, 느긋하게 기다리는 여유도 즐거움이다. 어디에 비해도 전혀 손색이 없는 우리의 관문, 세계를 항해 도약하는 코리아의 웅지가 느껴지는 곳이다.

상전벽해桑田碧海요, 환골탈태換骨奪胎다. 불과 오십여 년 전, 전장戰場의 폐허 속에 최빈민국 중 하나가 아니었던가. 이웃의 구호품으로 허기를 달래던 질곡의 터널을 용케도 극복하고 이제는 주위를 도울 수 있는 당당한 모습으로 탈바꿈 했다.

한국과 중국, 운명 같은 소국小國과 대국大國의 함수관계다. 어찌 이뿐이랴. 북으로는 러시아, 남으로는 간교한 왜국倭國이 가로막고 있다. 이 틈바구니 속에서 살아남기 위해 허리를 굽히고 무릎을 조아리기 그 얼마련가.

대국에 일고 있는 한류韓流 열기, 이는 분명 천지개벽이라 해도 과언이 아니다. 중화中華의 구석구석을 소국의 민초民草들이 물결을 이룬다. 하루에도 백여 편이 넘는 비행기가 오르내리고, 그 수가 한 해에 오백만에 이른다고 들었다. 나 같은 소시민도 다섯 번째 걸음이니 더 말해서 무엇하랴.

쥐구멍에 볕이라도 든 것일까. 대국인大國人(?)이 메는 가마도 타 보았고 내미는 손길에 퇴계선생이 그려진 지폐도 호기 있게 던져 보았다. 경망스러운 토끼와 태산 같은 거북이를 느끼면서도 말이다.

거북이를 타고 놀 줄 아는 토끼, 우리의 미래가 여기에 있지 않을까. 생각만 해도 즐거운 일이다.

밤하늘을 네 시간여 날아 춘성春城으로도 불리는 곤명에 내린다. 해발 천팔백여 미터, 평균 기온 영상 십오 도, 사시사철 꽃이 피는 낭만의 동네다.

우기가 끝나고 건기로 접어드는 계절, 우리의 초가을 날씨라고나 할까. 원통사와 취호공원을 둘러보고 이천오백 미터 높이의 서산西山을 리프트를 타고 오른다.

발 아래 펼쳐진 곤명호를 내려다보며 가쁜 숨을 고른다. 용문龍門을 향한 내리막 계단이 천 길이요, 만 길이다.

'만만디'의 저력일까. 수직으로 동굴을 뚫어 층계를 만들고 옆구리를 도려내어 길을 열었다. 그 기간이 무려 칠십어 년, 하늘을 향해 긴 사다리 하나를 걸친 격이다.

천애天涯의 난간에 도교道教의 전각殿閣들이 묘기를 부리듯 걸려 있다. 인위人爲와 무위無爲는 차치하고라도 인간과 자연의 절묘한 조화에 탄성이 절로 난다.

모닥불을 피우듯 향을 사르며 복을 비는 중화인中華人들, 변증법辨證法적 유물론唯物論이 가당키나 했겠는가. 지배자의 통치놀음에 애꿎은 백성들만 추풍의 낙엽처럼 스러져 갔다. 그 잘난 사상思想도 결국은 '고양이 색깔론'으로 흐지부지 되었기에 이르는 말이다.

서안西安에 가면 무덤을 보고, 곤명에 가면 돌을 보라 했던가. 곤명석림石林은 장강삼협長江三狹 계림산수桂林山水와 함께 중국이 자랑하는 풍경구風景區의 히나다.

눈앞에 도열한 석림의 장관, 좋다. 정겹다. 보고 또 보고 싶고, 그

냥 그저 머물고 싶다.

높은 산도 아니요, 깊은 골도 없다. 낮으막한 언덕에 끝 간 데를 모르는 돌들의 숲이 얽히어 절경絕景이요 설키며 비경祕境이다.

자락자락에 잔디가 푸르고 드문드문 대숲이 어우러져 운치를 더한다. 사이사이 온갖 꽃들이 고개를 내밀고, 크고 작은 호수가 돌들의 그림자를 포근히 안는다.

천태만상 기기묘묘한 돌숲길에 몽환夢幻을 앓다가 마음 한 자락 남겨두고 뒤돌아선다.

물소리가 지축을 뒤흔드는 구향동굴에 빨려든다. 음부를 연상케 하는 대 협곡, 용궁을 방불케 하는 화려한 신전, 신녀궁, 아가채, 그 중 소리를 보라는 관음폭포는 단연 압권이다. 큰물이 요동치는 지하 동굴, 어디에 또 있으랴 싶다.

열대화초 사이로 둠벙둠벙 고이고 넘치는 스파 온천, 아내의 손을 꼬옥 잡고 망중한을 즐긴다. 그림자 같은 내 반려伴侶, 연리지連理枝가 어디 따로 있으랴.

흐뭇하다. 뿌듯하다. 여행은 내 삶에 생기요 활력소다. 걸을 수 있는 한 내 기꺼이 동서양을 넘나드는 나그네가 되리라.

〈2008〉

2   아름다운 폐허

북쪽이 따뜻한 나라

주름진 내자內子의 눈가에 꽃물이 스민다. 마음이 여린 수수한 아낙, 꼬옥 잡은 거친 손등이 따스하다. 부부로 인연한 지 어언 서른네 해, 알콩달콩 갑회甲回를 맞는 감회가 어찌 없으랴. 이따금 뒤돌아보면 굽이굽이 애틋한 사연들이 강물로 흐른다.

아이들이 환한 미소를 담아 준비한 해외여행권, 불감청不敢請이나 고소원固所願이라 했던가. 소풍날을 기다리는 아이가 되어 잔잔한 설렘에 밤잠을 설쳤다. 그도 그럴 것이 한겨울에 떠나는 여름나라라 반바지에 반소매 수영복에 선글라스까지, 시쳇말로 장난이 아니다.

대한大寒의 기세가 맹위를 떨치던 임오壬午년 정월 십팔일, 한 쌍의 철새가 되어 남녘하늘을 날았다. 어디쯤 가는가. 한밤을 꼬박 날아 이른 아침 호주의 시드니에 닿았다. 비행기를 갈아타고 뉴질랜드 오클랜드에 내려 다시 버스로 몇 시간, 로토루아라는 호수에 이르러 날이 저문다.

경상도 사투리가 구수한 한국식당에 둘러앉은 일행 열여섯, 나와 같은 연배가 세 부부, 강원도 원주에서 왔다는 초등학교 여교사가 두 분, 자녀들을 동반한 두 가족에 대학생이 한 명이다. 소주잔을 기울여 정을 나누고 파김치가 되어 여장을 풀었다.

한 당이 모자라 구백구십구 당이 되었다는 나라, 우리보다 더 넓은 국토에 인구 겨우 삼백오십여 만이라는 말이 생경生硬하다. 푸르른 초원에 한가롭게 풀을 뜯는 소떼가 끝 간 데를 모르는 목축의 낙원, 비바람을 막아주는 우사牛舍 하나 없이도 저절로 자란다는 안내자의 장광설이 기이할 정도다.

소와 양의 무리가 사람에 스무 배가 넘는다는 동화 같은 세상, 누가 주인인지 분간이 쉽지 않으나 천당에서 한 당이 모자란다는 말이 허사는 아닌가 보다. 자동차는 말할 것도 없고 그 흔한 텔레비전 하나 만들지 못하면서도 선진국을 자랑하는 별난 동네, 잠 못 이루는 이국의 밤이 깊어만 간다.

레드우드라는 거목의 숲을 우러르다가 새와 물고기와 짐승이 어우러진 파라다이스의 정경情景에 취하다가 사슴을 벗하고 양떼와 어울려 아이가 된다. 가마솥에 팥죽 끓듯 부글거리는 진흙열탕, 뜨거운 유황천이 용솟음치는 간헐천, 오색의 인종이 반나半螺로 어우러진 노천온천, 원주민 마오리족들이 부르는 아리랑, 희열과 감동에 길다는 여름해가 반나절이다.

고향을 떠나야 고향이 보이고 조국을 떠나야 조국을 안다고 했던가. 내 조국 내 동포가 새롭게 다가온다. 좁은 땅에서 아등바등 비벼 살던 살붙이들이 지천으로 걸린다. 이 어인 일인가. 서울 한 구석을 옮겨오기라도 했다는 말인가. 달라진 조국, 넘치는 힘이 남극의 섬나라까지 넘실거린다.

“조국은 우리의 친정입니다. 친정이 반듯해야 시집살이가 가볍듯, 조국이 든든해야 우리가 대접을 받습니다.” 양모羊毛제품 가게를 운영하는 한 교포의 푸념 같은 이 말이 명치끝에 걸린다.

조국은 나에게 무엇이란 말인가. 숨을 쉬고 살면서도 공기의 고마움을 모르고 살듯, 조국 안에서 조국을 알기가 쉬운 일이 아니다. 나라 없는 백성의 설움, 겪어보지 않고서는 알 길이 없다.

이리 밀리고 저리 쫓기며 죽지 못해 살아온 러시아 연해주 우리 동포들의 그 피어린 애환을, 안에 있는 우리들이 짐작이나 하겠는가. 외적의 종이 되어 성姓까지 빼앗기고 남부여대男負女戴, 북간도를 떠돌던 그날이 먼 얘기가 아니다.

일본인들은 어디를 가나 대접(?)을 받는다. 그만큼 그들의 배경이 든든하다는 반증이 아닐까. 십여 년 전, 유럽 여행길에 느꼈던 일이다. 가는 곳마다 일본어 안내문이 준비되어 있고 이름난 쇼핑센터는 으레 일본인 안내원이 웃음으로 맞는다. 인솔자의 깃발 아래 병아리 떼처럼 몰려다니는 그 기세에 주눅이 들기도 했다.

우리는 기껏해야 경주나 설악산이 수학여행의 단골코스인데 그들은 이미 로마나 파리에 몰려다니고 있었다. 지금이라고 다를 바 있으리요만, 이제는 우리도 그 한 축을 담당할 정도가 된 듯도 하다. 중국은 물론이요, 동남아시아나 대양주는 우리의 발걸음이 단연 돋보인다는 말에 한 가닥 자부심이 없는 것도 아니다. 간혹 우리말 간판이 보일 때마다 흐뭇한 마음 금할 길이 없다.

다음 날, 비행기로 한 시간 남짓 남섬의 크라이스트처치로 옮겼다.

인구 사십여 만의 조용한 도시, 영국 런던의 거리를 연상케 한다. 남녁이 더 추운 지방, 추위에 강하다는 양떼가 지평선이다. 밀밭과 초원이 그림처럼 교차되기 대여섯 시간, 해발 3764미터 마운틴 쿡 준봉의 만년설이 잠겨있는 푸카키호수에서 갈증을 달랬다.

햇빛 따라 달라진다는 빙하의 물색이 가경佳境이다. 회색 언덕에 비취빛 하늘이 장막을 두르고 옥색 물 속에 하얀 설산이 신비롭다. 일어나기 싫다는 내자와 나란히 카메라에 담고, 호반의 고을 퀸스타운에 이르렀다.

야생 오리가 손 끝에 놀고 송어와 뱀장어가 발 끝에 걸린다. 땅의 흐름 따라 굽이굽이 길이 났다. 다리나 교차로는 기브웨이, 즉 양보하는 길이라며 느긋하게 기다리는 기사의 굼뜬 미소가 천진스럽다.

남극의 늦여름, 생소한 꽃들이 풀섶에 널렸다. 피요르랜드 국립공원의 절경絶景을 주마간산走馬看山으로 곁눈질하다가 밀퍼드사운드 유람선에 올랐다. 설산雪山이 가로막아 사람의 접근을 허락하지 않던 별유천지別有天地를 5도 각도의 터널을 뚫어 그 비경의 문을 열어 놓았다.

휘감아도는 검푸른 바다, 하늘에 닿은 절벽에 만년설이 녹아내려 크고 작은 폭포들이 비단폭이다. 은은한 물안개를 헤집고 쏟아져 내리는 하얀 햇살에 말문이 막힌다.

천인千仞의 비단폭에 한 가닥 마음을 걸어 놓고 실어증을 앓는다. 기가 막힌다. 할 말이 없다. 벙어리 냉가슴인들 이에 더하랴.

〈2002〉

아름다운 폐허

태국과 캄보디아의 국경 도시 '아란', 둘러볼 겨를도 없이 어둠에 잠긴다. 서울은 아직도 한겨울인데, 이마에 땀을 훔칠 정도로 후줄근한 상하常夏의 풍경風景이 생경生硬스럽다.

구름 위를 여섯 시간 날고, 땅바닥을 서너 시간 기었다. 환갑을 넘긴 내자内子가 지칠 법도 하련만, 주름진 눈가에 오히려 웃음꽃이 벙근다. 찌든 삶에 생기를 주는 여행은 이래서 좋다.

"딸을 두면 비행기를 탄다"고 했던가, 우스개 소리 같은 이 말이 허사는 아닌가 보다, 유난히 딸 복이 많은 우리는 지난해 '북쪽이 따뜻한 나라'를 다녀왔고, 지금은 그 잘난 문명인들이 불가사의不可思議라고 입을 벌린 '앙코르와트'를 향해 나른한 멀미를 즐기는 중이다,

다소곳이 두 손을 모으는 인사. 어딘지 모르게 왜소해 보이는 군상들이 낯설지 않다. 소지품을 들어주는 '벨맨'에게 우리 돈 천 원만 주어도 부처님 인사를 두세 번 받는다. 퇴계선생의 위력에 스스로 놀라며 대한국인大韓國人의 긍지를 느낀다.

산은커녕 언덕도 없는 평원이 끝 간 데를 모른다. 세계 제일의 쌀 생산국, 옷 한 벌로 사철을 견딜 수 있고 예부터 굶주림을 모른다는

이국의 첫날은 이렇게 저문다.

두개골이 '피라미드'를 이루던 '킬링필드'의 나라 캄보디아, 그 입국부터 예사롭지 않다. 찾아오는 손님에게 손을 내미는 것도 그러려니와 웃돈을 얹어야 시간을 번다는 말에 실소를 삼킨다.

파리떼처럼 달라붙는 아이들. 그 초롱한 눈망울을 외면하기 어렵다. 갈비뼈가 앙상한 아이들이 흡사 인형만 한 어린것들을 안은 채 손을 내민다. 반세기 전 동족상잔을 겪던 우리의 몰골이 아른거려 무거운 마음 어쩌지를 못한다.

태국과 캄보디아, 자연 환경이 별로 다를 바 없으련만 어찌 이토록 차이가 나는가. 일자리를 찾아 국경을 넘는 초라한 무리들이 줄을 잇는다. 극명하게 비교되는 지도자의 영향에 착잡한 마음 금할 길이 없다.

인구 천여 만의 나라에 사상갈등과 내전으로 이백여만 명이 희생을 당했다니 그 죄를 누구에게 물으랴. 내 편이 아니면 무차별 죽이는 만행, 손이 곱다고 죽이고 안경을 썼다고 죽이고 심지어 영어를 할 줄 안다고 죽였다는 것이다.

노동자 하루 임금이 2달러도 안 되며 여공의 월급이 25달러란다. 우리 돈 삼만 원 남짓한 액수다. 휘발유를 담아 파는 음료수 병이 즐비한 구멍가게 앞에 맨발의 아이들이 천진스럽다.

타임머신을 타고 호랑이 담배 피던 시절을 더듬고 있는가. 근엄한 국왕의 사진이 이따금 눈에 뜨이는 흙먼지 길을 진종일 털털거리다가 '씨엠립'에 이르러 여장을 푼다. 불과 사백여 리 남짓한 길을 한나절 반이나 걸린 셈이다. 여기저기 파스를 붙이면서도 연신 생글거리는 아내의 모습에서 힘을 얻는다.

그 길이가 400여 킬로미터나 된다는 '톤렙삽' 호수, 바다라 해도 과언이 아니다. 숨쉬기가 어려울 정도로 오염된 물 위에 금방이라도 쓰러질 것 같은 수상가옥들이 이목을 끈다. 어쩌면 이리도 열악한 삶이 있다는 말인가. "창고에 쥐는 쌀을 먹고 뒷간에 쥐는 오물을 먹는다"는 말이 떠올라 민망한 마음으로 시선을 돌린다.

'앙코르와트', 말 그대로 별유천지別有天地다. 거대한 규모에 기가 질리고 구조의 정교함에 주눅이 든다. 정글 속 해자垓字에 떠있는 선경仙境을 따라 '앙코르 톰' 남문에 이르러 걸음을 멈춘다. 화사한 아침 햇살에 보살상의 신비스러운 미소가 환상적이다.

도솔천에 도열한 수호신들, 천사와 악마 그리고 밝음과 어둠이 대

조적이다. 내가 지금 꿈을 꾸고 있는가. 말로만 듣던 피안彼岸의 문을 들어서는 느낌이다.

'바이욘 사원' 사람의 솜씨라고 믿어지지 않는다. 수미산을 연상하는 쉰네 개의 탑에 사면으로 나타나는 자비로운 미륵의 미소, 불국 정토가 예 아닌가 싶다. 누구나 스스로 옷깃을 여미게 하는 엄숙한 기운이 속인을 압도한다.

장님 코끼리 더듬듯 감탄사만 연발하다가 '앙코르와트'의 참배로를 걷는다. 이 엄청난 돌을 어떻게 운반했을까. 이 차디찬 돌을 어쩌면 이리도 밀가루 주무르듯 다루었을까. 미로 같은 벽면에 새겨진 그 섬세한 조각들, 놀라움 아닌 것이 하나도 없다.

공학, 수학, 기하학, 심오한 철학에 예술의 극치까지, 이는 분명 크메르인들의 자존심이요 아시안의 긍지다. 여기에 어찌 인종과 국경

이 있을 수 있으랴.

앙코르와트는 12세기 초, 크메르 왕국의 '우리아 바르만 2세'가 수만 명을 동원하여 반세기에 걸쳐 이룩한 걸작품이다. 신앙을 앞세운 절대권력, 얼마나 많은 백성들이 목숨을 잃었을까. 피라미드나 만리장성은 물론이요, 이렇다 할 문화유산들은 하나같이 백성의 목숨을 담보로 한 절대독재의 산물이니 역사의 아이러니에 고개를 젓는다.

무너져내린 돌무더기에 민초民草들의 정한情恨이 아른거려 걸음걸음 오금이 저린다. 백성을 잃으면 천하를 잃을 수밖에 없다. 신이 된 임금이 신궁神宮을 위해 그 근본인 백성을 잃었으니 그 결과는 자명한 일이 아니겠는가. 결국 15세기에 멸망하여 그 화려하던 신궁이 정글 속으로 묻혀버리고 만다.

무려 수백 년 동안 사람의 발길이 끊겨 전설로만 전해 오던 그날의 영광이 1861년 표본 채집을 위해 밀림을 탐사하던 프랑스 신부에 의해 드디어 그 신비한 위용을 드러내게 된다.

장엄한 폐허다. 아름다운 폐허다. 여기저기 널브러진 돌 조각도 있는 그대로가 예술이요 진리다. 거목이 뿌리를 내려 용틀임하는 장관까지도 아름다움의 극치를 이루고 있다. 폐허도 이토록 아름다울 수 있다는 말인가.

'프놈바켕' 사원에 앉아 폐허에 물드는 노을을 우러러보며 아내의 거친 손을 꼬옥 잡는다. 무슨 말이 필요하랴.

오! 장엄한 폐허여, 아름다운 폐허여……

〈2003〉

베트남 엿보기

입춘立春 추위가 기승을 부리던 2월 14일, 생일을 핑계 삼아 물 건너 나들이에 나섰다. 주마간산走馬看山으로 서유럽 몇 군데를 둘러본 후 일 년만이다.

어둠이 내리는 인천공항을 이륙한 지 네 시간 반, 베트남 하노이에 날개를 접는다.

월남이란 이름으로 더 친숙한 이웃, 반세기 전 허기虛飢를 달래던 안남미가 떠오르는 나라다.

민주民主와 공산共産, 미국과 소련이 세력전을 벌였던 곳. 우리도 끼어들어 피차에 흘린 피가 그 얼마련가. 입대동기 김 일병이 이 땅 어느 정글에서 산화했고 장래가 촉망되던 생질甥姪 하나도 고엽제 후유증을 지금껏 겪고 있다.

월남전의 상처, 강산이 변한다는 세월이 네 번이나 지났으나 아직도 아물 줄을 모른다. 우리의 아픔이 이럴진대 이 나라는 오죽하랴. 아무리 지난 일이라 하나, 갚아야 할 부채가 남은 것 같은 개운찮은 기분이 가시지 않는다.

이국異國의 아침, 오토바이 행렬이 홍수를 이룬다. 어딘지 모르게 왜소해 보이는 군상들, 그 끈질긴 저력은 경이로울 정도다.

미국의 최첨단 화력 앞에 약소국가는 당할 재간이 없다. 그러나 이곳에선 사정이 달랐다. 초토화, 융단폭격, 심지어 고엽제까지 수단과 방법을 다 동원했으나 거미줄 같은 땅굴 앞에는 아무 소용이 없었다.

전선戰線이 따로 없는 전장戰場, 적군이 보이지 않는 전투, 결국 엄청난 댓가를 치르고 미군은 물러가고 말았다.

외형적으로 보면, 민주는 패배하고 공산이 승리했다. 그로부터 삼십여 년, 상전벽해란 이를 두고 한 말인가. 맹호와 백마까지 동원하여 자유의 이름으로 섬멸하던 인류의 공적(?) 베트콩도, 이제는 손에 손을 마주잡고 친구가 된다.

사상思想이란 무엇인가. 자본주의 필망론必亡論을 주장한 변증법적辨證的 유물론唯物論도 지나고 보니 허상에 가깝다. 반드시 망한다던 자본주의는 번영과 자유를 누리고, 기필코 승리한다는 공산주의는 쇠락의 길을 걷고 있다.

"모든 것은 변한다. 변하지 않는 것은 아무 것도 없다. 변하지 않는 것이 딱 한 가지 있다면 그것은 모든 것은 변한다는 사실뿐이다." 이름도 아물거리는 어느 철인哲人의 설파다.

사람도 변하는데, 하물며 정치이론은 말해서 무엇하랴. 허나 지금도 사상의 신념을 위해 차디찬 감방에서 생을 마감하는 미전향 장기수들이 있는 게 현실이니 세상사 참으로 모를 일이다.

하노이에서 남쪽으로 두어 시간 거리, 닌빈 땀꼽으로 향한다. 도로변의 건물들, 보기 드문 풍경이 눈길을 끈다. 가로 4미터, 세로 12미터의 직사각형 좁은 터에 4, 5층으로 쌓아올린 주택들이다.

뭐라고 할까, 흡사 콘테이너 박스를 쌓아놓은 측면이라고나 할까. 더욱 흥미로운 것은, 보이는 좁은 전면만 페인트칠을 한 이들의 의식이다.

언덕도 없어 보이는 넓은 들에는 모내기가 한창이다. 기계는 단 한 대도 보이지 않고 하나둘 엎드려 모를 심는 모습들만 점점이 이어진다.

수확의 반 이상을 국가에 바쳐야 하는 사회제도, 겨우 먹고는 살겠으나 발전을 기대하기는 어렵지 않겠는가.

거주의 자유마저 없는 사회, 도시인이 농촌으로 갈리는 만무하지만 농촌에서 도시로 가는 것은 불가능에 가깝다.

노동자 농민의 지상낙원을 표방한 사회주의란 이런 것인가. 금강산 가는 길에 내 조국 북녘동포의 초라한 모습들이 언뜻언뜻 명멸한다.

땀꼽, 허름한 나룻배를 타고 늪지의 갈대숲을 느릿느릿 헤치는 낭만이 감미롭다. 천하의 갑甲이라는 계림桂林의 산들을 그대로 옮긴 듯 하고 산자락을 감도는 잔잔한 물결은 산그늘을 머금어 비단결이다.

장대로 노를 젓는 수더분한 여인들, 순박한 눈빛이 낯설지 않다. 그 잘난 이념理念이나 주의主義들이 이들에게 무엇이란 말인가. 동서고금東西古今을 막론하고 주권자의 횡포에 시달리는 민초民草들이 안타까울 뿐이다.

"해 뜨면 일어나고 해 지면 잠을 자네. 우물 파서 물 마시고 밭 갈아 먹고 사니, 임금의 은혜가 무엇이더냐"던 요순堯舜시대 격양가擊壤歌를 떠올리며, 돌아서는 발걸음이 가볍지 않다.

참배행렬이 끊이지 않는 호치민의 묘, 이들의 궁지가 한눈에 보인다. 말보다 생활로 본을 보인 정신적 지도자, 인도의 독립을 이룩한 '간디'에 버금한다.

사유재산을 단 한 푼도 남기지 않았다. 생전에 쓰던 유품들, 믿기지 않을 정도로 소박하고 검소하다.

존경과는 거리가 먼 우리의 정치지도자들이 타산지석他山之石으로 삼아야 하지 않겠는가.

"혁명을 하고도 인민人民이 불행하면 혁명이 아니다"라고 외치던 그의 말을 기억한다. 아직도 혁명은 진행 중이라면 할 말이 없기는 하나, 온 백성이 행복하고 자유롭게 사는 사회가 되기를 바라는 마음으로 눈여겨본다.

"꿩 잡는 게 매"라는 말이 있다. 고양이 색깔보다 쥐를 잡는 게 고양이라는 등소평의 실용주의를 배우려는 모습이 역력하다.

이 나라 화폐보다 달러를 더 믿으려는 절박한 눈빛들, 개방과 자유의 물결이 잔잔히 일고 있음을 실감한다.

우리가 쓰던 중고버스가 한글 자막을 그대로 붙인 채 거리를 달리고 있다. 삼성, 엘지, 대우의 상표들이 요소요소 자리를 잡고 현대의 자동차가 거리를 누빈다.

우리의 인기 드라마가 방송되는 시간이면 오토바이 물결이 한산해진다는 말에 가슴으로부터 뜨거운 박수를 보낸다.

동남아에 넘실대는 한류韓流, 대한민국 그 이름에 희망이 보인다.

〈2006〉

오! 하롱베이

베트남 하롱베이, 드러나는 풍광風光이 장관이다. 2월 16일, 훈훈한 날씨에 바람마저 감미롭다. 거울을 깔아 놓은 듯한 맑은 물 위에 한 척의 배를 띄워 빨려든다.

기암괴석奇巖怪石의 바위섬들이 천태만상千態萬象으로 도열한다. 그 수가 무려 삼천여 개, 그 위용은 가늠하기 쉽지 않다.

비상하려는 용이 되다가 웅크린 사자가 되고, 잠자는 거북이 뒤로 학의 날개짓을 한다. 창이 되다가 칼이 되고, 선녀의 고운 자태를 신선의 도포자락이 사르르 가린다. 회색구름을 은막삼아 햇님은 가끔씩 얼굴을 내밀고, 은은한 해무를 허리에 두른 봉우리들이 보일 듯 말듯 신비롭다.

물결 따라 배가 흐르고 배를 따라 나도 간다. 앞에 있던 것들이 한순간 뒤로 가고, 보이던 것들이 어느새 자취를 감춘다. 스치고 지나는 삶, 순간순간이 영겁永劫으로 쌓인다.

가슴에 담는 정경들, 내 언제 다시 올 수 있으랴. 한 번 가면 다시 못 오는 사람살이와 다르지 않다.

필부필부匹夫匹婦 흐르는 대열에 영웅호걸도 예외는 없다. 간혹 불멸의 자취를 남기기도 하나, 거의 대부분 아무 흔적 없이 머물다 간다. 혹은 조금 길게 머물고 혹은 짧게 머물기도 하나, 그 차이에 무슨 의미가 있으랴.

잠깐 머물다 가야 할 나그네, 가벼워야 즐겁지 않겠는가. 붙들고 있는 것들 놓아 버리고 싶은 게 내 늘그막 바람이요 심경이다.

적벽강에 배를 띄운 소동파의 명정酩酊을 흉내라도 내고 싶다. 생선 중의 귀족인 '다금바리'로 회를 치고, 베트남 소주로 정을 나눈다. 비록 고요한 달빛은 볼 수 없으나, 흥에 취한 소자첨蘇子瞻의 목소리가 환청으로 살아난다.

"여보게, 자네 퉁소 소리가 왜 그리 애잔한가. 원망하는 듯 그리운 듯 우는 듯 호소하는 듯, 그 요요한 여운이 잠든 용을 깨울 듯하고 청상靑孀의 애간장이 녹을 듯 하네"

"허허, 이 사람. 내 말을 들어 보게. '달이 밝아 별이 흐리니 까막까치 남으로 난다'는 조맹덕의 시가 떠오르네. 여기가 어디인가. 조조가 주유와 공명에게 곤욕을 치른 곳이 아닌가, 대군을 일으켜 형주를 치고 그 여세를 몰아 물결을 타고 동으로 나올새 배는 꼬리를 물어 천리千里에 이르고 깃발은 하늘을 가렸네. 그는 여기에 진을 치고 술잔을 기울여 시를 읊었으니, 참으로 일세의 영웅이 아니던가. 그런데 그는 지금 어디에 있는가.

하물며 지금 우리는 고작 강 위에 배를 띄워 술이나 마시면서 하루살이 같은 목숨으로 천지天地에 붙어 있는 꼴이니, 저 창해에 좁쌀 한 톨과 무엇이 다르겠는가. 초로 같은 우리의 삶이 슬프고 이 장강長江의 무궁함이 부럽지 아니한가. 신선을 벗하여 놀다가 저 밝은 달처럼 마치고 싶으나 그 또한 불가함을 깨달았기에, 이 마음 퉁소에 실어 가을바람에 부치는 것이라네.”

“알겠네, 알겠네. 이 사람아, 저 하늘의 달을 보게. 흐르는 것은 다 저와 같은 것이나 그 흐름은 다함이 없는 것이라네. 모든 것이 다 변한다고 생각하면 다 헛되게 보이나, 변하지 않는다고 생각하면 저 달이나 나나 무한한 생명을 기지고 있네.

자, 보게. 모든 것은 다 주인이 있어서 내 것이 아니면 비록 작은 것도 내 맘대로 취할 수 없으나 이 강상江上의 청풍淸風과 저 달과 별은 우리가 아무리 즐겨도 누구 하나 탓하지 않고 아무리 써도 다함이 없으니, 이는 조물주가 우리에게 내린 큰 축복이 아니겠는가. 지금 우리는 이 큰 축복을 함께 즐기고 있는 것일세. 자, 한 잔 받게나……”

바람이 분다. 중천의 햇님이 저만큼 비낄 즈음, 은모래가 곱게 펼쳐진 작은 섬에 내린다. 허허, 이런 곳도 있단 말인가. 원두막 쉼터가 유정하고, 팽이를 거꾸로 세워 놓은 것 같은 봉우리에 퇴색한 정자亭子하나 나그네를 반긴다.

당구삼년堂狗三年이면 음풍월吟風月이라 했는데, 내 어찌 시 한 수를 흉내 내지 못하랴.

하늘에서 땅 끝까지, 넉넉한 차일 한 채, 오색구름 은막 삼아
사람과 짐승 풀벌레들이, 나무와 풀과 꽃잎이, 물과 흙과 바람이
질펀하게 어우러진 잔치 마당
벌레 한 마리 기어와도, 님이 오신다 하고
새 한 마리 놀다 가도, 님이 가신다 하고
잠깐 머물다 가야할 나그네, 오느라 가느라 즈려 밟게
비단 폭 한 자락 펼쳐놓고, 즐겁게 놀다가 가볍게 가련다.

시가 되는지 마는지는 내 알 바 아니로되, 흥에 겨워 흥얼흥얼 읊어본다.

주름진 아내의 얼굴이 한 잔 술에 복사꽃으로 피어난다. 개이나 흐리나 그림자 같은 내 반려자伴侶者, 그믐달처럼 사위어 가는 몰골이 애잔하다.

이 세상 소풍길 다할 때까지, 이리 기웃 저리 기웃 해찰이나 하련다. 내 아직은 내 발로 걸을 수 있으니, 이 아니 즐거운가…….

〈2006〉

타산지석他山之石

여행은 목적이 아니라 과정이라 했던가. 세계지도를 펼쳐 놓고 손가락을 짚으면서부터 잔잔한 설렘이 고개를 든다.

내 늘그막에 설렘은 생기生氣를 북돋우고 활력活力을 더하니 회춘回春이 어디 따로 있으랴. 이것저것 챙기는 아내의 발걸음도 가벼워진다.

한 해가 저부는 12월 9일, 살림살이를 젖혀두고 길을 나선다. 춘삼월春三月에 오吳나라와 월越나라를 둘러본 후 반년만이다.

작아도 큰 나라 싱가포르, 자정子正이 가까운데도 활기가 넘친다. 인구 사백오십여 만에 우리의 서울과 비슷한 넓이의 국토인 이 작은 나라가 세계의 이목을 끌고 있다.

부존자원은 물론 앞서가는 선진 기술이 있는 것도 아닌데 그 저력은 무엇일까. 지도자의 통치력에 찬사가 절로 난다. 금융, 무역, 관광, 의료, 교육 등 이른바 굴뚝 없는 산업으로 국민소득 삼만여 달러의 선진 복지국가를 이룩해 놓았다.

국방예산이 인구 2억이 넘는 인도네시아와 별 차이가 없다고 들었다. 작은 거인이 있듯 작아도 큰 나라를 실감케 한다. 어느 누가 약소국이라고 얕볼 수 있으랴.

강대국들의 틈바구니 속에서 천여 번의 외침을 겪은 우리들에게 타산지석他山之石이 아니겠는가. 여기저기 눈여겨보는 소이도 여기에 있다.

한겨울에 여름 여행, 두터운 외투 구겨 넣고 반소매 차림으로 차에 오른다. 자연과 도시의 절묘한 조화, 어느 한 군데 허술한 구석이 보이지 않는다.

테두리 안에서 질서와 자유를 누리는 백성들. 이들의 시민 의식에 주눅이 들 정도다. 담배 꽁초 하나 잘못 버리면 천 여 달러의 범칙금을 물리는 제도. 그래서일까, 그 지저분한 껌 자국 하나 있을 리 없다.

자유란 무엇인가. 책임이 수반되지 않으면 방종일 뿐이다. 가래침을 휴지로 받아 주머니에 넣으면서 스스로 놀란다. 밀물이 밀려오면 그 높이만큼, 모든 배들이 떠오르는 이치가 이런 것인가.

다리 하나 건너 말레이시아 조호바루, 이슬람 공동묘지에 발길을 멈춘다. '메카'를 향해 45도 각도로 세워서 매장을 한다는 설명에 종교와 인간의 함수관계가 목에 걸린다.

종교를 위한 인간도 있고, 인간을 위한 종교도 있다. 문득 "진리를 알지니 진리가 너희를 자유롭게 하리라"는 성구聖句가 떠오르는 까닭은 무엇일까.

자유는커녕 도리어 노예가 되는 경우도 적지 않다. 종교를 앞세워 인권을 유린하고, 종교를 명분으로 전쟁도 불사한다. 인류평화에 가장 큰 장애물이 종교라면 이에 더한 아이러니가 어디에 있으랴.

민속마을을 곁눈질 하다가 다시 다리를 건너 재입국을 한다. 주룽 새공원을 둘러보고, 식물원 숲길을 휘적휘적 걷는다.

태국을 이웃한 동남아지방은 12월부터 건기라는데, 여기는 반대로 우기라는 것이다. 추적추적 내리는 비를 맞으며 바탐행 배에 오른다. 절차가 까다롭지는 않다고 하나, 세 번 입국에 세 번 출국이면 누구나 지치기 마련이다. 두 늙은이, 늘어진 어깨를 서로 의지하고 나른한 피로를 감미롭게 즐기다가 눈을 뜬다.

일만삼천여 개의 섬으로 구성된 인도네시아, 세계에서 네 번째로 인구가 많다. 우기와 건기 밖에 없다며 눈을 한 번 보는 것이 소원이라는 현지 가이드의 말에 연민의 정을 금치 못한다.

봄은 물론 가을과 겨울도 모르는 사람들. 평생 더위와 싸우다가 환갑도 되기 전에 죽는다며 말끝을 흐린다. 사계의 변화가 뚜렷하고 산과 물이 아름다운 내 조국, 자부와 긍지를 감추기 어렵다.

국경이 바뀌었다고 생활환경이 이렇게 다를 수 있단 말인가. 인간은 사회적 존재다. 자연의 횡포로부터 살아남기 위해 단결과 화합은 필연이다. 리더와 리더십도 마찬가지다. 이를 일러 정치라 해도 그리 틀리지 않으리라.

석유 천연가스 석탄 등 풍부한 자원이 많은데도 부정과 부패로 백성들의 삶이 어렵다는 푸념에 우리의 어제를 돌이켜본다. 불과 몇 십 년 전 우리의 삶도 이러했다. 부디 싱가포르 같은 통치력이 꽃피기를 바라는 마음 간절하다.

관우는 왕, 유비와 장비는 신하로 모셔진 사당을 보고 문화의 이질에 거리감을 느끼다가 카랑한 함성에 토끼눈이 된다.

"대 한 민 국……."

서너 살쯤 되어 보이는 원주민 마을 아이들이 우리 일행을 향해 외치는 구호다. 그 초롱한 눈망울에 만감이 교차한다.

미군 병사들에게 '추잉껌'을 외치며 때 묻은 손을 내밀던 우리의 자화상을 보는 것 같아 민망한 마음 어쩌지를 못한다.

열악한 환경 속에서도 행복지수는 높다고 한다. 부족함이 없을수록 자살률이 높다는 통계에 비하면 누가 더 행복한지는 아무도 모른다.

싱가포르, 이번 여행길에 세 번째 입국이다. 마천루의 숲 속을 보

트도 저어 보고 케이블카에 매달려 굽어도 본다.

한 해에 천여 만 명의 관광객이 모여드는 곳. 인도양과 태평양을 넘나드는 크고 작은 배들이 장관을 이룬다.

동서의 길목이 한눈에 보인다. 대영제국이 이 작은 섬에 그토록 집착하던 이유를 알 것 같다.

쳉호크루즈 용선에 올라 노을에 물드는 저녁바다의 정취에 젖는다. 물 위에 흐르는 휘황한 불빛, 전통악기로 연주되는 정겨운 우리 가락, 느긋하게 즐기는 선상 만찬, 모두가 다 머무르고 싶은 순간들이다.

작아도 큰 나라 싱가포르. 타산지석을 가슴에 안고 흐뭇한 마음으로 귀로에 오른다.

〈2008〉

네팔기행 1

여행은 도전이요 창조라 했던가. 흐드러진 벚꽃이 꽃비로 흩날리던 사월 스무날, 들뜬 걸음으로 길을 나선다.

네팔을 거쳐 남 인도 뭄바이까지, 결코 만만찮은 여정이다. 하늘을 난지 예닐곱 시간, 네팔의 수도 카트만두에 내린다. 남한南韓보다 조금 넓은 국토에 이천칠백여 만의 인구, 국민 소득 사백여 달러의 후진국이다.

동병상련인가, 숙명 같은 지정학적 역학관계가 우리와 너무도 흡사하다. 중국과 인도라는 거대한 나라에 쐐기처럼 박혀 있는 샌드위치다. 코끼리와 사자 사이의 생쥐라고나 할까. 사자의 귓구멍을 들락거리다가 코끼리 등을 타고 놀 줄 아는 신출귀몰한 재주라도 있다면 몰라도 앞을 보나 뒤를 보나 길이 보이질 않는다.

설상雪上에 가상加霜이다. 얽히고설킨 여러 민족에 서로 다른 언어가 무려 칠십여 개가 넘는다고 한다. 부족마다 말이 다르고 고을마다 표현이 다르다면 다한 말이다. 한때는 불교문화가 꽃을 피우기도 했으나 지금은 백성의 팔 할이 힌두인들이다.

파슈파티나트 힌두 사원 앞, 악취가 진동하는 개천가에 풍수화토

風水火土로 돌아간다는 화장火葬의식이 여름날 모깃불처럼 자욱하다.

갈비뼈가 앙상하게 드러난 채 울긋불긋 칠을 한 수행자들이 손가락으로 카메라 모양을 그리면서 원 달러를 외치는 몰골이 개운치 않다. 돈이란 게 무엇이길래 고행苦行의 구도자求道者들마저 이 꼴로 만들었단 말인가.

유전有錢이면 사귀使鬼라는 말이 이래서 있는 것일까. 돈만 있으면 귀신도 부린다는 말인데 하물며 사람을 탓해서 무엇하랴.

세계 문화유산인 스앙부타트 불교탑을 눈여겨보다가 처녀 신을 모시는 쿠마리사원 뜰에서 실꾸리 같은 이야기를 듣는다. 부처가 환생했다는 룸비니, 여신女神이 여자아이의 몸을 빌렸다는 쿠마리, 너무도 다른 문화가 그저 경이로울 뿐이다.

살아 있는 그 신神이 초경初經을 하면 불결하다고 다시 인간이 되어야 하는 운명, 그의 남은 삶이 순조롭지만은 않을 것 같다.

하루해가 저문다. 이들의 전통음악과 무용을 감상하며 저녁 만찬을 즐긴다. 목젖을 타고 넘는 전통술 럭시, 한 잔이 알싸하다.

카트만두에서 포카라로 가는 길, 불과 이백여 킬로미터의 거리를 한나절이 넘도록 털털거린다. 인도로 통하는 유일한 관문으로 천 칠백 여 미터의 고갯마루가 구절양장九折羊腸이다. 되는 일도 없고 안 되는 일도 없다는 나라, 대동맥의 고속도로 하나 뚫을 힘이 없다는 반증이 아니겠는가. 차창에 스치는 민초民草들의 삶이 지지리도 힘겨워 보인다.

티베트 난민촌, 달라이 라마를 따라 조국을 떠날 수밖에 없었던

무리들이 네팔에만도 이만여 명이 넘는다고 들었다. 조국의 국기를 걸어 놓고 광복의 그날을 기다리는 이들의 눈빛이 예사롭지 않다.

남의 땅에 임시정부를 세워놓고 목숨을 던져 투쟁하던 우리의 지난 모습이 아른거려 연민의 정을 금할 길이 없다. 부디 이들에게도 감격의 그날이 어서 오기를 바라는 마음 간절하다.

땅 속으로 거대한 물줄기가 빨려드는 데비폭포, 굽데스와르 동굴사원이 인상적이다. 맑은 날이면 설산雪山의 영봉靈峰들이 거꾸로 박힌다는 페와호수가 말 그대로 명경지수明鏡止水다.

처음인데도 전혀 낯설지 않다. 일엽편주一葉片舟에 내 순한 그림자와 나란히 앉아 느릿느릿 노를 젓는다.

순풍서래順風徐來하니 수파불흥水波不興이라 산들바람에 물결이 곱고 은은한 해무海霧에 젖어드는 노을, 머무르고 싶은 이 순간을 느긋하게 즐긴다.

네팔이 자랑하는 포카라의 풍광風光, 안나푸르나를 등반하려는 오색인종五色人種의 발길이 끊이지 않는 동네다.

한글 간판이 줄줄이 걸리고, 우리말 인사를 흔하게 받는다. 자랑스러운 내 조국 대한민국, 대한국민大韓國民의 긍지가 어찌 없겠는가. 흐뭇한 감흥으로 내일을 위해 여사旅舍에 든다.

〈2009〉

네팔기행 2

히말라야 일출日出을 맞으러 여명黎明에 길을 나선다. 차를 타고 반 시간 걸어서 사십여 분, 천오백구십여 미터의 사랑코트 전망대에 올라 땀을 식힌다.

운해雲海에 가려 속계俗界는 저만큼 멀고 사위四圍가 고요하다. 다섯 시 삼십칠 분, 팔천여 미터의 안나푸르나 영봉靈峰이 숨은 햇살을 받아 그 신비로운 모습을 서서히 드러낸다.

앵두빛 봉홧불인가 싶더니, 순백의 장막帳幕이 허공에 뜬다. 신선이 산다는 선계仙界가 바로 저런 곳인가. 햇님보다 먼저 어둠을 밝히는 경이로움, 하늘 아래 어느 일출日出을 여기에 비하랴…….

룸비니로 가는 길 이백여 킬로미터, 풀어진 넥타이 같은 외길을 돌아 오르고 감아 내리다가 해가 기운다. 도시락으로 점심을 하면서 진종일 스쳐간 풍경들이 아련하다.

네팔, 국토의 팔 할이 산으로 된 나라다. 삼천여 만에 이르는 백성들이 터를 잡고 살기가 어디 그리 쉬우랴.

깎아지른 산비탈에 손바닥만 한 밭을 일구어 옥수수를 심고, 멍석만한 논을 만들어 벼를 심는다. 흡사 제비집 같은 다랭이 논들이 골골마다 묘기를 부리듯 줄줄이 걸려 있다.

태어났으니 살아야 하고, 살기 위해서 먹어야 한다. 먹을 것을 위해 척박한 환경과 지루한 싸움을 하고 있는 왜소한 체구에 무표정한 네팔인들이 오래오래 기억에 남을 것 같다.

민수, 현지 안내인의 한국 이름이다. 대학을 졸업한 엘리트가 불법 노동자가 되어 육 년이 넘도록 한국에서 살았다는 수더분한 청년이다. 운이 나빠 안 좋은 기업주를 만나 여권을 빼앗긴 채, 노예 아닌 노예 생활을 할 수밖에 없었단다.

야간작업은 볶음밥 한 그릇이 전부요, 심지어는 노동의 댓가를 못 받기 일쑤였다. 봉제공장, 가구공장, 양계장, 공사판에 잡부까지 이리 밀리고 저리 차이다가 추방을 당했다며 헤픈 웃음을 흘린다.

인간만사 새옹지마塞翁之馬란 이를 두고 한 말인가. 그 때 배운 한국말로 이렇게 가이드가 되어 이제는 주위 부러움의 대상이 되었다는 것이다.

그의 한국 체험담을 들으면서 부끄러운 자화상에 쥐구멍이라도 찾고 싶은 심경이다. 어찌 민수 군 뿐이랴. 스리랑카에 갔다가 한국인이라는 이유로 봉변을 당했다는 어느 지인知人의 말이 가슴에 닿는다. 제발 양심의 기본을 지킬 줄 아는 자랑스러운 대한국민大韓國民이 되었으면 싶다.

룸비니, 여래如來가 탄생한 거룩한 땅이다. 하루해가 서산에 걸치고서야 성소聖所의 문턱을 넘는다.

마야부인이 목욕을 했다는 연못, 아기 부처를 낳은 반석, 부처의 탄생을 기념해 기원전 3세기 경 아쇼카 왕이 세웠다는 석주石柱, 깨달음의 나무 보리수 숲, 보는 것만으로도 가슴이 벅차다.

감동이 진하면 도리어 말문이 막히는 법, 청맹과니가 되어 볼 것을 보지도 못한 채 몇 번이고 두 손만 모은다.

사대성인四大聖人의 한 분인 싯다르타, 그분이 탄생한 땅을 밟아 본 것만으로도 이번 여행의 의미요, 큰 보람이 아니겠는가.

〈2009〉

인도기행 1

　룸비니에서 인도의 국경을 넘는다.

　인도, 참으로 가늠하기 어려운 나라다. 국토는 한반도의 서른 배가 넘고 인구는 어림잡아 십삼억이다.

　백성의 팔 할이 힌두인으로 수많은 인종과 부족이 혼합되어 있다. 공인된 언어만 열여덟 개, 서로 다른 표현과 방언은 무려 사백여 개가 넘는다고 한다. 자국自國의 축구팀끼리도 언어 소통이 어렵다는 말이 있을 정도다.

　문맹文盲이 사 할에 가깝고 농촌인구가 칠 할이 넘어 국민소득 이천 달러가 채 안 되는 데도 꿈틀대는 잠재력이 세계의 이목을 끌고 있다.

　세계 사대문명四大文明의 하나가 인도 문명이요, 그 뿌리는 힌두이즘이다. 영국이 반세기 동안 식민 통치를 하면서도 그 전통과 관습은 어쩌지를 못했다.

　인도와 힌두는 불가분不可分의 관계다. 견원지간犬猿之間인 이슬람은 차치하고라도, 어쩌면 스스로 족쇄足鎖가 되어 문명의 발전과 흐름에 걸림돌이 되고 있는지도 모른다.

바라나시에 이르는 삼백여 킬로미터, 나지막한 산자락 하나 보이지 않는다. 삼월에 밀을 거두고 팔월에 옥수수를 딴 뒤, 벼를 심어 삼모작을 한다는데도, 차창에 비치는 사람살이는 윗동네 네팔이나 거기서 거기다.

세 시간이면 족할 거리를 하루해가 저문 후에야 파김치가 되어 여장旅裝을 푼다.

어쩌겠는가, 여행은 이래야 제 맛이 난다며 웃을 수밖에…….

갠지스, 힌두인들에겐 어머니 같은 성스러운 강이다. 시바신이 살아 있는 곳, 모든 죄업을 씻어주는 은혜의 상징이다.

시끄러운 소리에 잠을 깬다. 여명黎明은 아지도 이른데 갠지스 순례자들의 행렬이 꼬리를 문다. 숙소에서 십여 분 거리, 노숙자들이

발치에 걸리고 애절한 눈빛으로 내미는 손길이 끝이 없다.

유유히 흐르는 물, 여느 강물과 무엇이 다르랴만 모여드는 인파가 인산인해人山人海다. 무당 푸닥거리 같은 의식도 보이고 손을 모으고 주문을 외우는 사람도 많이 보인다.

석고처럼 앉아 명상을 하기도 하고, 잠을 자는 무리도 부지기수不知其數다. 혹은 목욕을 하고, 혹은 빨래를 하고, 혹은 계속해서 물을 뒤집어쓰기도 한다. 물총새 물질하듯 연신 자맥질을 하는가 하면, 촛불을 띄우고 소원을 빌기도 한다. 물소의 사체死體가 여기저기 문드러지는데도 그걸 의식하는 사람은 하나도 없는 것 같다. 참으로 기이한 풍경이다.

삶과 죽음이 어우러진 화장터 가트, 그 느낌의 표현이 쉽지 않다. 죽음을 기다리는 허름한 장소, 그들의 표정이 너무나 태연하고 평온하다. 기다리는 자나 지켜보는 가족이나 이미 죽음 저편에 있는 사람들로 보인다.

가는 자나 보내는 이나 다 깨달음의 경지에 이른 도인道人들이란 말인가. 링거액이나 산소 호흡기 같은 것은 있는지도 모르고, 설령 안다고 해도 누구하나 거들떠보지도 않을 것 같다.

숨이 멎었다고 의식적인 울음을 터트리는 일도 없다는 것이다. 너무도 자연스럽게 한 줌 재로 만들어 갠지스에 띄운다.

맨발이 보이는 사체死體를 들것에 메고 나온다. 얼핏 보아도 나이 들어 보이지 않는 어느 여인이다.

갠지스의 물을 퍼서 먹이고 여기저기 씻기는가 싶더니, 천으로 가린 다음 마치 모닥불을 피우듯 불을 지핀다. 타고 있다, 내 것이라 믿었던 몸, 그토록 아끼던 육신, 죽을 줄 모르던 '나'가 타고 있다.

충격이다. 마치 휴지 한 조각이 타듯 사람의 몸이 타고 있다. 이렇구나. 정말로 이렇구나. 사람의 삶이 순간이구나. 나중은 없는 것이구나. 그렇다면 내 주어진 오늘을 어떻게 살아야 하는가…….

생명은 어디서 와서 어디로 가는지 명확한 해답은 없다. 나도 언젠가는 어디로 가는지도 모르는 그 길을 가야 되는 사실을 잊은 채, 허망에 사로잡혀 사는 어리석음을 비웃기라도 하는 것일까.

죽음 저편에 있는 듯한 힌두인들, 충격이다. 뒤통수를 얻어맞은 느낌이디.

사는 게 별건가. 내 남은 소풍길, 가볍게 즐기다가 한 점 구름으로 사그러지리라…….

〈2009〉

인도기행 2

　인도의 햇빛, 시쳇말로 장난이 아니다. 아직은 4월인데도 한낮의 기온이 섭씨 45, 6도를 오르내린다. 한증막을 들어서는 느낌, 처음 겪는 일이라 적응의 시간이 필요할 것 같다.

　요가 체험으로 시간을 보낸 후, 오후 세 시가 넘어서야 용기를 내어 길을 나선다. 에어컨이 시원한 고급스러운 버스, 한 걸음 물러서서 물끄러미 쳐다보는 눈빛들이 조금은 미안할 정도다.

　여래如來께서 깨달음을 얻은 후 처음으로 설법을 한 녹야원, 불교 사대 성지 중 하나다. 기원전 삼세기三世紀 경에는 오천여 스님들이 수도修道를 했다는 큰 가람伽藍이었으나, 십사 세기경 이슬람의 침공으로 다 부서지고 사리탑 하나와 그 잔해만 겨우 보존되고 있다.

　이역만리異域萬里에서 현지 안내인을 통해 혜초선사의 이야기를 듣는 감회가 새롭다. 7세기경 신라의 큰 스님 한 분이 이곳까지 와서 불법을 공부하고 간 사실을 아느냐며 웃는다.

　알고는 있었으나 이렇게 먼 곳인 줄은 미처 몰랐다. 문명文明의 이기利器를 이용해서도 이처럼 힘이 들고 어려운데, 변변한 길조차 없었던 그 옛날, 어떻게 여기까지 다녀갔단 말인가. 그 깊은 신심信心과

집념執念에 놀라움을 금할 길이 없다.

해거름에 릭샤라는 자전거 수레를 타고 갠지스 주변을 탐방한다. 이 어인 일인가. 인도人道도 없고 차도車道도 없다. 아니 인도가 차도고 차도도 인도다. 소가 어슬렁거리고 개도 힐끔거리는 거리, 떠밀려 흐르는 사람의 물결이 도도하다. 자전거, 릭샤, 오토 릭샤, 오토바이, 자동차가 서로 뒤엉켜서 앞에서 뒤에서 빵빵거린다.

이 기막힌 풍경, 여기 말고 어디에서 볼 수 있으랴. 이 와중에서도 파리떼처럼 달라붙는 구걸의 손길에 기가 질린다. 매연에 눈을 뜰 수 없고, 숨을 쉬기도 쉽지 않다. 전쟁터요 아수라장이다. 더욱 경이로운 일은 구석진 곳마다 누워 잠을 자는 사람도 저지 않고, 심지어 후미진 곳은 소꿉놀이 같은 살림살이를 차려놓은 태평(?)한 가족도 가끔씩 보인다. 참으로 별난 동네요 기이한 사람들이다.

저녁 일곱 시, 어머니의 강 갠지스를 위한 힌두의식이 흥미롭다. 일곱 무대에 일곱 제사장이 음악에 맞춰 향을 사르며 불춤을 춘다. 물의 신神을 예배하는 의식인 듯한데 강 위나 언덕에서 수많은 군중들이 호응하는 광경이 장관이다.

갠지스의 은혜로 살고 있다고 믿는 힌두인들, 미개한 것인지 위대한 것인지 그 분간이 쉽지 않다.

카주라호로 가는 길 삼백칠십여 킬로미터, 대평원을 하루 내내 달린다.

허름한 간이 휴게소에서 준비한 도시락으로 점심을 한다. 일행 중 한 분이 남은 음식을 모아 주변 아이들에게 먹을 의사를 손짓으로 묻는다. 이게 웬일인가, 보이지 않던 아이들이 벌떼처럼 모여든다. 늦게 온 아이들은 우리가 버린 쓰레기를 뒤져 힐끔거리며 뒷걸음을 치는 참상, 이 나라 어느 농촌 행길가의 풍경이다.

카라쥬호 힌두사원, 세계 문화유산에 손색이 없다. 9세기에서 11세기까지 건축을 했다는데, 방금 피어난 꽃처럼 싱그럽다. 그 정교한 조각이 향나무로 만든 것 같은 착각이 들 정도다. 그 색깔, 그 부드러움, 그 정교함, 엊그제 공사가 끝났다 해도 믿으리만큼 그 보존이 완벽하다.

외벽에 새긴 수많은 조각들, 혹은 얼굴을 붉히고 혹은 놀라움에 어안이 벙벙할 지경이다.

힌두인들의 수행修行방법에, 요가, 명상, 섹스가 있다는 것이다. 남

녀男女의 성性으로 해탈의 경지에 이르는 방법과 기교를 그 표정까지 섬세하게 조각해 놓았다.

생명生命의 시원始原이요, 쾌락快樂의 극치極致인 남녀의 성, 가리고 숨기기보다 드러내어 가르친 힌두인들이 훨씬 더 솔직한 삶이 아니겠는가.

윤리와 도덕의 범주 안에서 쾌락의 극치를 누릴 수 있다면 건강도 행복도 거기에 있으니 깨달음이 별거며 극락이 어디 따로 있으랴 싶다.

가까이 있는 자이나교 사원을 둘러보고 지는 해를 따라 아그라 행 특급열차에 오른다. 지평선地平線에 펼쳐지는 분홍빛 누을이 황홀경이다. 저 언덕을 넘으면 또 어떤 풍경이 기다리고 있을까. 잔잔한 실렘에 소풍길에 오른 어린아이가 된다. 회춘回春이 어디 따로 있으랴…….

〈2009〉

인도기행 3

세계 칠대 불가사의不可思議 중 하나라는 타지마할. 그 화려한 자태에 탄성이 절로 난다. 15세기경 무굴 왕국의 제 5대 왕 사자한이 그 아내의 무덤으로 만든 지상에서 가장 아름답다는 건축물이다.

내 기억에도 이제껏 이보다 더 아름다운 건물은 본 일이 없다. 죽은 자를 위한 무덤이 이토록 아름답다니 이에 더한 아이러니가 어디에 또 있으랴.

절대 권력으로도 사랑하는 아내를 어쩔 수 없이 보내야 했던 왕은 가장 아름다운 무덤을 약속했다. 그 약속을 지키기 위해 얼마나 많은 백성들의 목숨이 희생되었을까 짐작이 되고도 남는다.

흰 대리석은 이웃나라 이란에서 코끼리 수레 천여 대로 끌어오는데 십수 년이 걸렸다고 한다.

이만여 명의 백성과 이백여 명의 조각가가 동원되어 무려 스물두 해에 걸쳐 만고의 걸작을 탄생시켰다.

안으로 밖으로 그 정교한 조각은 사람의 솜씨가 아니다. 작은 꽃송이 하나, 작고 큰 잎새 하나하나에 진귀한 보석으로 천연의 색을 모자이크 했다.

믿기지 않는다. 그저 어안이 벙벙할 뿐이다. 석양이면 노을을 받아 분홍빛을 발하다가, 달이 밝으면 진귀한 보석들이 저마다 영롱한 빛을 발한다니 그 신비로움에 넋을 잃을 정도다.

더할 수 없는 사랑을 받은 여인과 그 여인을 위한 한 사내의 집념이 불가사의 하나를 남겨 놓았다. 더욱 놀라운 일은 여기에 동원된 조각가들의 손을 전부 잘라 버렸다니, 독재자의 횡포는 어쩌면 이리도 동서고금이 같다는 말인가. 역사는 이래서 흥미를 더한다.

거리를 두고 앉아서 하염없이 빠져들다가 두세 번 뒤돌아보며 발길을 돌린다. 무굴 왕국의 3대왕 악바르가 건설했다는 아그라성, 붉은 돌로 성을 쌓고 붉은 대리석으로 세운 궁궐이 사람을 압도한다. 임시 수도였던 피뗴뿌르시크라성도 찬란하다.

크리스챤 왕비의 방, 힌두교 왕비의 방, 이슬람 왕비의 방이, 제각기 문화의 특색을 나타낸다. 더위를 식히기 위해 침실까지 물을 끌어올려 흐르게 했다니 그 치하에 백성들의 삶은 어떠했을까 싶다. 지금도 민초들의 생활이 미개한 수준을 넘지 못하고 있는 것을 보면 그 시절은 불문가지不問可知다.

군왕이 물고기라면 백성은 물이다. 물이 없는 물고기가 없듯 백성이 없는 군왕이 어디에 있으랴. 우리의 윗동네 위대한(?) 지도자도 이 사실을 깨닫게 되기를 바라는 마음으로 눈여겨본다.

작렬하던 태양이 지평선으로 자지러드는 시간에 인구 삼백오십여만의 지이프르시에 이른다. 신호등이 있다. 인도에서 처음 보는 광경이다. 그러고 보니 인도人道와 차도車道도 형식은 있는 것 같다.

16세기 카츠츠 왕국의 수도였던 암베르성, 궁에 이르는 오르막길을 아내와 함께 코끼리를 타고 오른다. 집채만 한 등 위에 나란히 앉아 뒤뚱뒤뚱 흔들리는 맛이 그만이다.

해문에 들어서자 외국의 손님을 환영하는 음악 소리가 흥취를 더한다. 시간을 거슬러 한 나라를 찾아온 극빈 같은 착각이 들 정도다.

끝도 없는 평원만 있던 곳에 동서남북으로 제법 높은 산들이 병풍을 이루었다. 그 위에 만리장성을 방불케 하는 성을 쌓고 그 자락에 붉은 대리석으로 세운 궁전, 아그라성을 연상케 한다.

열두 명의 왕비의 방을 원형으로 배치하고 그 중앙에 있는 화려한 무대가 흥미롭다. 은으로 장식한 거울의 방, 접견실, 연회실, 구석구석을 눈여겨보다가 달문으로 나온다.

핑크빛 대리석으로 건설된 핑크시티의 거리, 바람의 궁전, 천문대, 힌두사원을 주마간산走馬看山으로 기웃거리다가 해가 기운다. 이 나라의 문화재를 다 구경하려면 하루에 오백여 킬로미터씩 달려도 일년이 더 걸린다는 찬란한 힌두문명이다.

뉴델리, 새로운 세계를 향해 길을 나선다.

〈2009〉

인도기행 4

인도의 수도 델리, 울드델리와 뉴델리로 구분을 한다. 전자는 16~17세기에 조성된 옛 시가지요, 후자는 영국의 식민지 시절 그들이 설계한 새로운 도시다.

개선문을 방불케 하는 인도게이트를 중심으로 시원한 공원과 넓은 도로가 바둑판처럼 사통팔달四通八達이다. 국가의 모든 기관이 다 이 주위에 있고, 외국 대사관도 다 여기에 모여 있다.

깨끗한 거리다. 인도에 이런 곳이 있다니, 마치 다른 나라에 온 것 같은 착각이 들 정도다.

삼성과 LG 상표가 곳곳에 걸리고 현대차들이 적지 않게 보인다. 지하철 공사가 한창이다. 우리의 기술이 전수되고 메이드 인 코리아의 전동차가 수입되어 운행 중이란다. 이 열사의 대륙에 코리아를 보고 느낄 수 있어 흐뭇한 마음으로 발걸음이 즐겁다.

나지막한 언덕 위에 하얀 연꽃 한 송이가 이제 막 벙글고 있다. 연꽃 사원으로 이름 난 바하이 사원이다.

참으로 기발한 착상이다. 한 송이 꽃으로 된 건물, 그 꽃방에 기천 명이 모일 수 있는 강당이 아늑하다. 안을 보나 밖을 보나 흰 대리석이 순결 그 자체다. 머지않아 인도가 자랑하는 또 하나의 문화재가 될 듯 싶다.

인도의 아버지 마하트마 간디, 그의 이 세상 마지막 발자국 앞에서 숙연한 마음이다. 국경과 인종을 초월하여 누구나 머리를 숙이는 큰 스승, 그의 무저항주의에 대영제국도 손을 들 수밖에 없었다.

오십 년 식민통치에서 조국의 광복을 이룩한 지 불과 6개월이 조금 지난 1948년 1월 30일 오후 5시, 숙소에서 나와 일흔 아홉의 노구老軀를 이끌고 뚜벅 뚜벅 삼십여 미터를 걸었다.

그를 기다리는 청중 앞에 서서 정담을 나누다가 동족의 총탄에 숨을 거두고 만다. 이 역사적인 곳에서 그 마지막 남긴 발자국을 하나둘 헤아리며 서서히 걷는다.

세 개의 계단에 새겨진 하나의 발자국에 손을 짚고 진심으로 허리를 굽혀 머리를 숙인다.

오, 신이여…….

신음 같은 이 한 마디를 남기고 피안彼岸으로 떠난 성자聖子, 그의 삶과 정신은 인도인 뿐만아니라, 인류역사에 사표師表로 남으리라.

델리에서 남인도 부사월역까지 1350킬로미터, 열차를 타고 밤 새워 달린다. 한밤을 꼬박 새우고 버스에서 한나절이 지나 오후 두 시 경에 목적지에 내린다. 시간에 쫓겨 버스에서 도시락으로 점심을 하며 아잔타 동굴 사원에 가까스로 이른다.

불교 미술의 보고, 유네스코가 지정한 세계 문화유산이다. 누가 이 깊고 높은 절벽에 이토록 찬란한 신앙의 꽃을 피웠는가, 누가 이

넓은 지하 공간을 정으로 쪼아내어 부처를 새기고 그림을 그렸는가, 아무리 생각해도 또 하나의 불가사의다.

그 규모에 또 한 번 놀란다. 1호에서부터 29호까지 몇 군데만 들여다보는 데도 두어 시간이 걸리는 규모다. 캄보디아 앙코르와트처럼 사람들이 있는지도 모르다가, 1819년 영국의 죤 메스미트란 사람이 사냥을 하다가 발견하여 세상에 그 신비한 모습을 드러내게 되었다는 것이다.

하루해가 기운다. 너무도 아쉬운 발걸음으로 아우랑가바드로 향한다.

인도 기행 마지막 날이다. 이 역시 유네스코가 지정한 세계 문화 유산인 엘로라 석굴 사원을 들여다본다. 불교, 힌두교, 자이나교가 서로 경쟁이라도 하듯, 저마다 독특한 문화를 보이고 있다.

그중 힌두사원이 단연코 압권이다. 정교하고 장엄하다. 찬란한 인도 문명, 힘든 발걸음에 흐뭇한 보람을 느낀다.

인도의 관문이자 제일의 도시 뭄바이, 생동하는 모습이 인상적이다. 아시아에서 제일 길다는 마린 해변을 거쳐 뭄바이를 상징하는 '인도의 문'에서 한숨을 들린다.

영시 삼십 분, 대한 항공에 올라 스쳐온 풍경들을 뒤돌아본다.

아내와 나란히 동서양을 넘나드는 내 늘그막, 이에 무얼 더 바라겠는가. 내 아직 살아 있으니, 그저 고마울 뿐이다.

〈2009〉

가버린 봄날

가끔씩 모여 허튼소리를 즐기는 막역莫逆이 있다. 허물어진 조국강토 다시 세우자던 거창(?)한 대열에서 만난 반생지기半生知己들이다.

삼겹살 구워 놓고 소주잔이 몇 순배 돌면, 걸죽한 입담이 동서고금東西古今 걸릴 게 없다. 무슨 주제가 있는 것도 아니다. 해학諧謔과 패설悖說로 한바탕 배설을 하고 나면, 가슴 한 편이 시원한 느낌, 그저 이를 즐길 뿐이다.

하나 더 있다. 한 판이 새롭고 매 판마다 희망이 있다는 '고스톱'이다. 광 팔고, 피박 씌우고, 흔들고, 싸고, 가가소소呵呵笑笑, 무아경無我境이다. 금상첨화로 노인건강에 도움까지 된다니, 이 아니 좋은가, 월력月曆에 표시를 해 놓고 모임을 헤이는 소이가 여기에 있다.

소문난 곳을 두루 섭렵하다가 신록이 싱그러운 오월 열이틀, 대국행大國行 비행기에 오르는 호기도 부린다.

부득이한 사정으로 마음만 함께 한 동광東光 회장會長. 고담준론高談峻論으로 회중을 이끄는 우정, '벽속의 남자' 주인공 작가 설로雪路, 백발홍안白髮紅顏의 천년학千年鶴 시인 심원心園. 깐깐한 영남 선비 규언, 웃음치료사 복구. 청풍명월淸風明月의 문웅, 우직한 풍모의 정길. 그리고 수필 나부랭이나 끄적거리는 나.

늙으면 아이가 된다 했던가, 너 나 할 것 없이 주름진 얼굴에 꽃물이 번진다.

하남성 운대산, 장가계에 구채구를 더했다는 찬사가 허사는 아닌가 보다. 붉은 사암砂巖이 거센 물결에 파이고 깎이어 기억연륜의 속살을 들어낸 홍석협곡, 현기증을 느끼며 내려다 본다.

무지개 다리를 건너 천애千厓 의 난간에 사다리로 걸린 계단을 살얼음을 걷듯 한참을 내린다. 물소리 천지에 진동하고, 하늘은 한 줄기 은하수로 절벽에 차일을 친다.

물길을 따라 옆구리를 도려낸 길에 그림 같은 다리가 갈지之 자로 이어지고, 크고 작은 폭포가 수없이 걸린다. 붉은 돌 푸른 숲 사이사이 꽃이요, 깊이에 따라 색깔을 달리하는 담潭과 소沼가 백이요, 천이다.

걸으면서 보기가 쉽지 않고, 보면서 걷기는 더욱 어렵다. 한 마리 나비가 되어 소요逍遙하다가 내린 만큼 오르기에 숨이 가쁘다.

만길 절벽이 손에 닿을 듯 병풍을 이루는 담협을 굽이굽이 오른다. 발길 닿는 곳마다 담潭이요, 눈길 머무는 곳마다 폭포다. 불로천不老泉 한 모금으로 목을 축이고, 성주풀이에서 자주 듣던 낙양성에서 새 날을 맞는다.

용문석굴龍門石窟, 이화강변에 꽃을 피운 불교 문화 유적이다. 크고 작은 공간에 십일만여 부처가 있어다니, 그 불심佛心에 경탄이 절로 난다.

비바람에 깎이고 역사의 흥망성쇠에 파손되어 십에 삼 정도가 겨우 남아 쇠잔한 명맥을 잇고 있다. 목과 손이 잘려나간 부처들, 돌아서는 발걸음이 가볍지 않다.

이화수를 건너 '장한가'로 당나라 현종과 양귀비의 사랑을 받았던 백낙천의 무덤에 눈인사를 한 후, 소림사少林寺로 향한다.

설로의 '벽 속의 남자'가 흥을 돋우고, 일행으로 만난 어느 정숙한 여인이 부르는 '만남'의 애절한 가락에 가슴이 설렌다. 가슴으로 토해 내는 우정의 '허공'에 공감하다가 웃음치료사 복구의 익살에 포복절도 자지러진다.

음담과 패설이 양념으로 섞이고, 흘러간 노래가 꼬리를 문다. 음정이 틀리고 박자가 느린들 무슨 대수랴. 운다고 옛사랑이 오리오마는, 청춘을 돌려다오, 실없는 그 맹세에 봄날은 이미 저만큼 가버린 것을…….

영태사永泰寺 비구니들이 준비한 사찰 요리로 마음에 점 하나 찍는다. 연근으로 물고기의 모양을 만들고 콩으로 쇠고기의 맛을 빚어 낸 솜씨가 일품이다.

오악五嶽의 하나인 숭산嵩山을 케이블카로 오른다. 오악을 보면 천하의 산은 볼 것도 없다는 산, 느껴지는 기상이 예사롭지 않다. 삼대고도三大古都인 서안, 낙양, 개봉부를 자락에 품고 있는 중심이 아니던가.

무예로 더 알려진 소림사, 한대삼궐, 숭산사탑, 중악묘 등 역사에 기록된 유적들이 눈길을 끈다.

황해를 건너온 지 나흘째, 하남의 성도 정주에서 해찰을 한다. 상나라 때 쌓았다는 토성과 성황묘를 지나, 정동신구 운하에 배를 띄우고 국화주 몇 순배로 피로를 푼다.

허허, 오래 살고 볼 일이다. 대국 여인 여린 손길에 냄새 나는 발을 맡기고 큰 대 자로 누웠으니 늘그막에 이만한 호사가 어디 그리 흔하랴.

놀라운 일이다. 중화中華의 구석구석에 한류韓流가 도도하다. 작아도 큰 나라, 내 조국을 가슴에 안고 개선하는 노병老兵이 되어 귀로에 오른다.

코끼리를 타고 놀 줄 아는 생쥐를 떠올리며 주문처럼 외우는 구호가 있다.

대 한 민 국, 오! 대 한 민 국⋯⋯.

〈2010〉

친구 따라 강남가기 1

곰삭아 제맛을 내는 지기知己들이 있다. 1960년대 초 농촌계몽 요원으로 만났으니 꽤나 오래된 동무들이다. 귀가 순해지면서부터 정기적으로 만나 허튼소리를 즐긴 지 십수 년이다.

재작년에는 중국 숭산을 오르기도 했고, 올해는 제비들이 겨울을 나고 온다는 강남으로 간다. 태국 북부지방인 치앙마이를 경유, 메콩상을 건너 미얀마와 라오스의 일부를 엿보는 만만찮은 여정이다.

일행은 열 명, 그중 나와 석천石泉, 일성日星은 부부 동반이다. 우수雨水가 지나면서부터 봄기운이 완연한 2월 22일, 이 날은 공교롭게도 우리의 결혼기념일이다. 설레던 그날이 엊그제 같은데 어언 사십사 년이라는 세월이 흘렀다.

'칠십이종심 소욕 불유구'七十而終心所欲不踰矩라 했다. 논어論語 위정爲政편에 있는 공자孔子의 가르침이다. 칠십이 되면서 마음 내키는 대로 살아도 세상 법도에 어긋남이 없다는 의미다. 그래서일까. 언제부턴가 무슨 말을 들어도 그게 그거고 무엇을 보아도 심드렁하다.

어디선가 읽은 구절이다. '너의 집에 머리 흰 이가 있느냐, 귀한 보물이니라. 그가 경험으로 얻은 지혜를 놓치지 마라.' 귀 밑에 서리가 내린 지 이미 오래다. 보물인지 애물인지 모를 일이나 조심스러운 게 한두 가지가 아니다. 법도에 어긋날 일이 뭐가 있겠는가, 주어진 종심終心의 내림길을 내 분신分身인 할망구 손을 꼬옥 잡고 유유자적 즐기다 가련다.

치앙마이의 아침, 우리의 초여름 날씨가 상쾌하다. 생소한 꽃들이 지천으로 피어 있는 상하의 나라, 가벼운 차림으로 길을 나선다.

인간과 코끼리의 애증의 관계가 참으로 묘하다. 정강이뼈 정도의 작은 사람에게 붙들려 조련을 당한 코끼리, 그 재주가 가관이다. 꼬리를 잡고 행진하여 종을 치면서 국기를 올린다. 하모니카 합주에 합창도 하고 그 육중한 몸으로 애교 섞인 춤을 추는 데는 실소를 금치 못한다.

‘사랑해요’ 글씨를 쓰고 그림도 곧잘 그려낸다. 그 옆에는 그림자처럼 사람이 붙어 있으니, 누가 쓰고 누가 그린 것인지 그 분간이 모호하다. 쇠사슬로 얽어매어 본성을 빼앗은 인간의 잔인성, 그 선한 코끼리의 눈빛이 늙은이의 가슴에 화살로 박힌다.

코끼리 등에 몸을 맡긴다. 속도는 아무 의미가 없다. 기우뚱기우뚱 하늘을 보다가 땅을 본다. 가파른 길을 어렵게 내리더니 깊이를 알 수 없는 강을 건넌다. 건너편 언덕을 올라 정글의 숲을 휘적휘적 잘도 걷는다.

길 위에 나서는 일에서부터 여행은 시작된다. 한적한 외딴길이면 좋고, 하늘을 날아 머나먼 이국의 어느 뒤안길이라면 말할 것도 없다. 일상으로부터 내 자신을 떼어내어 거리를 두고 또 다른 나를 볼 수 있는 지혜의 눈이 열리는 게 여행의 맛이다.

한 시간은 됨직하다. 어느 지점에 이르러 인도하는 아이에게 카메라를 건넸다. 그런데 이 어인 일인가. 그 순간 코를 뒤로 올리면서 벌름거린다. 가이드의 언질을 받고 준비한 바나나가 없었다면 큰 낭패를 당할 뻔했다.

댓가를 달라는 거다. 돌고래도 묘기가 끝날 때마다 입을 벌리는 것을 본 적이 있다. 사람도 마찬가지다. 물질일 수도 있고, 보람일 수도 있다. 개체는 전체를 위하고 전체는 개체를 위하는 공생하는 공동체를 상상해 본다.

물소가 끄는 수레에 오른다. 코끼리와 물소의 배설물이 발치에 걸리는 황톳길, 얼마만에 맛보는 정겨움인가. 대나무로 엮어 만든 뗏목에 오른다. 비단결 같은 물결 위에 슬렁슬렁 흘러내린다. 하늘 아래 흐르지 않는 것이 무에 있으랴. 기쁨도 슬픔도 뼈에 저미는 고통도 흐른다.

어디서 와서 어디로 가는가. 걸음걸음 저무는 삶. 치앙마이의 하루해가 서산에 걸린다.

〈2012〉

친구 따라 강남가기 2

골든트라이앵글로 유명한 메콩강 삼각주에 망연히 서 있다.

언제부턴가 우리의 새터민들이 목숨을 걸고 건너는 생명의 강이 바로 여기다. 천신만고 두만강을 건너 북경을 거쳐 운남성 곤명까지 이른다. 미얀마 국경까지 오백여 킬로미터. 여기서부터는 낮에는 숨고 어둠이 내리면 걸어서 이 강을 건너 태국 경찰에 잡혀야 하는 이 기막힌 드라마, 흐르는 강물이 예사롭게 보일 리 없다.

이 강을 건넌다고 모든 것이 끝나는 게 아니다. 방콕은 수백여 명이 있고 이곳에도 육십여 명이 수감되어 있다는데, 그중 일부는 중국으로 추방될 운명이라는 말에 답답한 가슴 어쩌지를 못한다.

이들이 무슨 죄가 있다는 말인가. 그토록 위대하다는 저 북녘의 지도자가 가증스럽다. 지금 이 시간도 저 숲 속 어디선가 어둠을 기다리는 내 동족이 있다는 생각에 뜨거운 덩어리가 명치끝에 걸린다.

육로로 미얀마의 국경을 넘는다. 불과 몇 백 보도 안 되는 거리인데도, 사람 사는 냄새부터 다르다. 오토바이가 끄는 택시를 타고 카렌족 마을에 오른다. 목에 긴 쇠고리를 끼고 사는 여인들, 보는 이의 목이 답답할 정도다. 서로 다른 색깔의 옷을 입고 서로 다른 풍습을 지키며 사는 고산족들이 많다고 들었다. 문명의 흐름에 이 또한 얼마나 가랴 싶으면서도, 문화유산으로 지켜졌으면 싶다.

어머니의 왕생극락을 위해 지금도 공사가 진행 중이라는 백색 사원, 내 이제껏 이토록 눈부신 건물을 본 일이 없다. 정교한 흰 대리석 조각에 유리로 모자이크하여 영롱한 빛깔이 환상적이다. 별유세계다. 차안此岸과 피안彼岸의 차이라고나 할까, 여기를 찾는 이 많은 사람들이 어머니를 위한 아들의 마음을 기억한다면 그는 이미 극락의 주인이 아니겠는가. 몇 번이나 뒤돌아보며 아쉬운 걸음을 옮긴다.

태국에서 제일 높다는 해발 이천오백여 미터의 '도이인타논' 국립공원을 오른다. 이 나라 국왕인 라마 9세와 왕비의 장수기원 탑이 장관이다. 이 나라 어디를 가나 국왕의 사진이 걸려 있다. 절대적인 존경을 받는 분이다. 그도 그럴 것이 스물세 살 청년 시절에 무려 삼십여 년에 걸쳐 전국 방방곡곡을 도보로 순방을 했다. 말이 아니라 행동으로 조국사랑을 보여 주었다.

지도자가 말이 많으면 따르는 자가 힘이 든다. '적고 간단하게 말하라. 그리하면 네 백성이 편안하리라. 어느 임금의 좌우명이다. 말을 많이 하는 것을 자랑으로 여기는 지도자가 얼마나 많은 세상인가.

도인들이 한 번 오르면 내려온 일이 없었다는 '도이수텝' 산을 오른다. 부처님 사리를 모셨다는 황금사리탑사원이 화려하다.

태국은 불교의 나라다. 기독인들의 눈에는 저주 받아야 할 우상숭배의 나라다. 허나 자연의 축복을 이 나라 만큼 누리고 사는 곳은 흔치 않다. 뿐만이 아니라 외국의 지배를 한 번도 받은 일이 없는 이들의 역사다. 유럽 강국들이 이웃 나라를 다 식민 지배할 때도 이 나라만큼은 온전했다. 부처의 가호를 믿는 이들의 자긍심이 부러울 정도다.

유황 냄새가 코를 찌르는 룽아룬 온천에 몸을 담그고 이 나라가 자랑하는 전통 맛사지에 몸을 맡긴다. 무려 두 시간에 걸쳐 피로에 지친 팔 다리를 누르고 주무르는 솜씨에 탄성이 절로 난다.

저녁 만찬, 산해진미의 양반 밥상 앞에서 이 나라 전통음악과 무용을 느긋하게 즐긴다. 마치 사극에서 보던 궁중의 무슨 잔치마당 분위기다.

애주가인 거성巨星과 술잔을 나눈다. 우리의 결혼기념 잔치가 이만하면 됐다는 익살에 너털웃음이 절로 난다.

제비들이 겨울을 난다는 강남의 소풍길이 이렇게 막을 내린다. 내 몇 번이나 더 이국의 풍물을 즐길 수 있을까. 아직은 내 발로 길 위에 나설 수 있으니 그저 고맙고 즐거울 뿐이다.

〈2012〉

3　붕정만리

서역기행西域紀行 1

남촌南村엔 매화가 벙근다고 호들갑이다. 그러고 보니 대동강이 풀린다는 우수雨水도 지나고 개구리가 잠을 깬다는 경칩驚蟄이 내일 모레다.

가을부터 준비한 봄나들이, 아내와 나는 소풍날을 기다리는 아이가 된 지 이미 오래다. 타고난 역마살일까, 지도를 짚어가며 설레는 마음 어쩌지를 못한다.

푸른 하늘을 보는 것만으로도 즐거운 일인데, 구름 위를 나는 데야 말해서 무엇하랴. 강남 갔던 제비가 돌아온다는 삼월 초사흘, 무지개빛 날개를 타고 날아오른다.

발 아래 내려다보이는 사람살이, 올려다보던 빌딩 숲이 쌓아놓은 성냥갑이다.

"아서라 세상사 가소롭다"는 남도잡가 한 구절이 맴을 돈다. 잠깐 머물다 가는 나그네, 마음 한 번 바꾸면 천 근 무게도 새털보다 가볍다.

사는 게 별건가. 누구는 '세상은 넓고 할 일은 많다'하지만, 넓은 세상 한 점 구름이 되어 유유히 흐르고 싶은 게 내 늘그막 바람이다. 고비사막을 날아 시베리아 상공을 넘어, 어둠이 내리는 히드로 공항에 날개를 내린다.

날씨만큼이나 우중충한 런던 거리, 세계를 제패하던 제국의 그림자가 아직도 당당하다. 역사에 큰 획을 그은 위인들이 잠들어 있는 웨스터민스터 성당, 이방인의 발걸음에 경련이 인다.

만유인력을 발견한 뉴턴, 지동설을 제창한 갈릴레오, 메시아를 작곡한 헨델, 하나 둘 헤이다가 눈을 감는다. 죽어서도 거드름을 피우는 우리의 호화무덤과는 그 거리가 너무 멀다.

오대양 육대주에 미치던 잉글로색슨족의 푸른 넋이 깃든 곳, 이 나라 왕들의 대관식도 여기서 열린다. 작아도 큰 나라, 해가 지지 않았다던 대제국의 저력이 가슴에 닿는다.

템스 강물에 위용의 그림자를 드리운 국회의사당, 여왕이 머문다는 버킹검 궁, 끝 간 데를 모르는 하이들 공원, 주마간산走馬看山에 퇴행성 관절염도 고개를 숙인다.

대영박물관, 침략의 전리품이라 탓하지 말자. 힘만으로 되는 건 결코 아니다. 문화에 대한 높은 안목이 이룩한 인류의 보고寶庫라 해도 지나치지 않는다.

역사는 이긴 자의 것이라 했던가, 한때는 세계의 사분四分의 일一을 지배하던 강국이었다. 약탈이야 불을 보듯 뻔한 일이나, 발굴 수집 연구 복원한 이들의 노고에 찬사를 아끼지 않는다.

마야는 물론이요 황화皇華와 힌두의 유물도 한눈에 보인다. 로마와 아테네를 옮긴 듯 하고, 애급의 파라오들이 이주移住를 한 환상에 젖는다.

발달된 기계의 힘으로도 쉬운 일이 아니거늘, 거대한 석상들을 옮겨 온 이들의 집념에 설레설레 고개를 젓는다.

줄을 서서 식당문이 열리기를 기다리는 신사, 조금만 햇살이 나도 아무 데서나 속살을 드러내는 숙녀, 공원에 앉아 참새를 데불고 시간을 까먹는 노인, 이래서 여행은 새록새록 새롭고 애면글면 즐겁다.

늦은 밤, 김밥으로 허기를 달래며 파리행 비행기에 올라 스쳐온 풍경들을 뒤돌아본다. "런던에 싫증난 사람은 인생에 싫증난 사람"이라 했던가. 겨우 하루 만에 돌아서는 발걸음이 못내 아쉽다.

아름다운 도시, 보고 싶은 그 첫째가 파리라고 들었다. 그래서일까, 한 해에 찾는 손님이 오천만을 넘는다고 한다. 불과 기백만에 불과한 우리에 비하면 말 그대로 천양지차다.

개선문을 중심하여 열두 갈래의 길이 열린다. 듣기만 해도 낭만을 느끼는 샹젤리제 거리, 오색의 인종이 대하의 강물로 넘실댄다. 일정한 높이로 조화를 이룬 대리석 건물들이 어디를 보나 문화재로 보인다. 이상하리만큼 낯설지 않다. 어딘지 모르게 사람을 끌어당기는 포근한 정감이 구석구석 배어난다.

미라보 다리 아래 세느강이 흐르고……

까까머리 시절 앵무새처럼 외우던 싯귀다. 노트르담 성당, 루브르

궁, 퐁네프 교, 가슴 설레는 유산들이 손에 닿을 듯 어우러져 한 송이 꽃으로 피어난다. 도시가 이토록 아름답다는 게 그저 놀랍고 부러울 뿐이다.

바람부는 몽마르트르 언덕, 초상화를 그리는 거리의 화가들과 길거리 카페에서 맥주잔을 기울이는 젊은이들이 어우러져 한 폭의 그림을 연출한다.

동전을 던질 때마다 활짝 웃어 주는 석고상 차림의 행위예술가, 빛바랜 바이올린으로 세레나데를 풀어내는 거리의 악사, 싸구려 상품을 들고 파리떼처럼 달라붙는 장사치들, 질펀한 사람 냄새에 시간을 잊는다.

가장 화려하다는 베르사유궁, 눈을 뗄 수 없는데 걸음인들 온전하겠는가. 오금이 저려 살얼음판을 만난 촌닭이 된다.

연회장 헤라클레스의 방, 음료수를 마시던 풍요의 방, 오락실 다이아나의 방, 음악을 즐기던 마르스의 방, 휴식처로 사용한 머큐리의 방, 접견실 아폴로의 방, 승리를 기념한 전쟁의 방, 무도회 전용실 거울의 방, 왕비의 방, 귀족의 방…….

누구를 위한 군왕인가, 백성을 잃으면 천하를 잃을 수밖에 없다. 문득 사또의 생일잔치에 거지 차림의 암행어사가 읊었다는 시 한 구절이 스멀스멀 머리를 든다.

금잔의 향기로운 술은 천인千人의 피요

옥쟁반 아름다운 안주는 만백성의 기름일세

노래소리 높은 곳에 원망의 소리 높고

촛불 눈물 떨어질 때에 백성의 눈물 강물로 흐르네

인심人心은 천심天心이라, 1789년 혁명의 봇물이 터져 백성이 주인
이 되는 새로운 역사를 열게 된다. 어디를 가나 대동소이大同小異한
왕조사王朝史는 차치하고, 문화의 도시를 남긴 것은 프랑스 인의 긍
지가 아니겠는가.

다시 오고 싶은 곳, 어둠에 잠기는 예술의 파리가 더없이 정겹다.

〈2005〉

서역기행西域紀行 2

파리를 출발하여 포도의 생산지인 디종에서 점심을 하고, 스위스
의 국경을 넘는다. 눈 덮인 알프스의 자락을 가로질러 어둠이 내리
는 루체른 호수가에서 숨을 고른다.

'가장 슬픈 조각'이라는 〈빈사의 사자상〉, 다가오는 정감이 살아
있다. 베르사유궁의 근위병이 스위스 청년들이었다. 파도처럼 밀려
드는 혁명군에 맞서 팔백여 명 전원이 죽음으로 임무를 다했다. 이
들을 기념하여 죽어가는 사자의 모습으로 형상화했다는 설명이다.

백수百獸의 제왕 사자, 숨이 멎는 순간까지 그 위엄을 잃지 않는
다. 가슴에 창이 꽂혀 앞발이 헤벌어지면서도 노려보는 눈빛, 그 푸
른 넋이 여기 이렇게 살아 있다.

목구멍이 포도청이라 했던가. 먹고 살기 위해 고용된 주인에게 목
숨을 바친 젊은이들의 절규가 들리는 듯 하다. 이 전통은 바티칸의
근위병으로 지금껏 맥을 이어 오고 있다니 스위스 인의 신념을 역사
가 인정한 셈이라고나 할까.

때 아닌 눈보라가 시야를 가린다. 간밤에 내린 눈으로 설상雪上에
가상加霜이라, 만발한 설화雪花가 장관이다. 어느 청량제를 이에 비

하랴.

인터라켄에서 열차를 타고 설산雪山을 오른다. 기어 돌다가 갈아 타고 뚫고 오르다가 바꿔 타기를 세 시간여, 천애天涯의 난간에 멈춰 선다.

해발 3450미터의 융프라우, 구름 위에 눈이 있고 눈 속에 바위가 고개를 내민다. 바람과 햇님의 숨바꼭질, 눈보라가 흐린 하늘을 눈 부신 햇살이 말끔히 지운다.

세상 밖에서 세상을 본다. 지지고 볶는 인생만사가 구름 아래 일 이다. 망연히 앉아 시간을 잊다가, 아쉬워하는 아내의 손을 잡고 오 른 만큼 내린다. 순백純白의 세계 알프스의 준령峻嶺이 구름 밖에 아 련히 멀다.

골짜기와 터널을 현기증을 앓으며 빠져나와 이탈리아 밀라노에서

여장을 푼다. 건축 기간이 무려 460여 년이 걸렸다는 두오모 성당, 붙들린 눈을 뗄 수가 없다. 삼천오백이 넘는다는 조각상들이 어느 하나 보물 아닌 것이 없어 보인다.

신神을 경외하는 신앙의 꽃, 세상에서 제일 아름다운 성소聖所가 아닌가 싶다. 누구나 옷깃을 여미고 무릎을 꿇을 수밖에 없는 위엄이 서린다.

기울어서 더 유명한 피사의 사탑, 찾는 이의 발길이 줄을 잇는다. 하기사 동방의 작은 나라에서 온 나 같은 범부凡夫도 줄을 섰다면, 말할 것도 없다.

금방이라도 무너질 것 같아 가까이 하기가 불안할 정도다. 천 년의 풍상을 기울기로 버텨온 그 의미는 무엇일까. 머리를 하늘에 두고도 바르게 살지 못하는 군상들을 내려다보며 히죽히죽 웃는 것

같아 돌아서는 발걸음이 가볍지 않다.

'지붕 없는 박물관'이라는 로마, 제일 먼저 찾은 곳이 바티칸이다. 인산인해人山人海다. 하루에 평균 십여만 명, 밀물과 썰물로 흘러야 한다.

미켈란젤로가 4년 5개월 동안 누워서 그렸다는 천지창조, 고개를 젖혀 올려다보는 오색 인종이 땅 위에 펼쳐지는 한 폭의 성화다.

7년이 걸렸다는 최후의 심판, 450여 명의 등장인물에 탄성이 절로 난다. 목욕탕에서는 누구나 같다고 했던가. 나체로 표현한 평등이 이채롭고, 연옥煉獄까지 내려와 흑인을 구원하는 박애博愛가 인상적이다.

하늘 아래 가장 크고 화려하다는 베드로 성당, 압도하는 위용에 주눅이 든다. 돔을 중심하여 십자十字로 배치된 구도, 큰 것은 작아 보이고 작은 것은 커 보이는 게 신기할 정도다.

천연색 대리석으로 모자이크한 성화, 그 정성에 할 말을 잃는다. 15세기 구라파를 지배하던 교황청이 교회의 권위를 위해 세운, 희대稀代의 역작이다. 재정난財政難으로 면죄부免罪符를 팔기에 이르렀고, 이를 계기로 프로테스탄트가 태동한 역사적 건물이다.

굳게 닫힌 정문에 걸음을 멈춘다. 어느 조각가가 이 문 하나 만드는 데 사십여 년이 걸렸다는 사실을 아는 이는 많지 않다.

크리스천이 기독基督의 이념理念으로 정치를 한다면, 그게 곧 '주님의 나라'가 아닐까. 중세의 교황청은 열강列强의 왕王들을 임명하고 파면도 하는 실권을 행사했다. 그러나 '주님의 나라'는 이 땅 어디에도 존재하지 않았다.

절대권력은 절대부패라 했던가. 절대교권도 절대부패를 벗어나지 못했고, 결국 교회사를 피로 물들인 종교개혁의 진통을 겪어야 했다.

피라미드도 만리장성도 하나 같이 권력의 위세를 위해 세우고 쌓았다. 교회의 권위를 위한 이 거대한 건물, 문득 김지하의 〈금관의 예수〉가 떠오르는 까닭은 무엇일까. 가난한 자와 함께하는 예수의 환상이 시야를 가린다.

삼천여 년의 역사가 살아 숨쉬는 로마, 밟히는 게 다 유물이라 해도 과언이 아니다. 모든 길은 로마로 통한다 했고 로마에 오면 로마법을 따르라 했다. 스페인 광장에서 해찰을 하다가 트레비 분수에 동전 하나 던진다.

하루해가 이토록 짧을 줄이야, 노을에 물든 장엄한 콜로세움이 이방의 나그네를 붙들고 있다.

넘치는 감동, 내 언젠가 아이들 데불고 다시 오리라.

오! 꿈꾸는 로마여…….

〈2005〉

서역기행西域紀行 3

살림살이를 잊은 지 열흘도 넘었다. 이왕 나선 길, 로마를 뒤로하고 지중해로 향한다.

죽었다가 부활한 도시 폼페이, 기둥 하나 돌 한 조각이 무언의 언어를 흘리고 있다. 이천여 년 전 베수비오 화산 폭발로 흔적도 없이 사라졌다가 1748년부터 발굴이 시작되어 지금에 이르고 있다.

놀랍다. 그날의 생활문화가 오늘에 비해 전혀 손색이 없다. 치밀하게 계획되고 설계된 도시, 바둑판처럼 열린 길은 차도와 인도 건널목까지 분명하다.

주거지와 상가 종교시설을 구분했고, 팔십 보 거리마다 공동수도도 설치했다.

대중목욕탕과 찜질방은 과학적이고 화려하다. 보도블럭에 남성의 심벌로 방향을 표시한 환락가, 쾌락적이고 향락적인 그 시대의 뒷골목이 그대로 드러난다.

황금과 사내의 상징을 저울질하는 그림에 히죽히죽 웃다가, 천정을 도배한 각종 성행위 벽화에 얼굴을 붉힌다.

수천 년간 묻혀 있다가 이 시대에 드러난 까닭은 무엇일까. 성서를 통해 소돔과 고모라가 말하듯, 이러지 말라는 역사의 경고는 아닐까.

참으로 모를 일이다. 세계 어디를 가나 숙박시설이 우리만큼 많은 나라는 본 일이 없다. 도시는 물론이요 농촌까지 기라성 같은 그 흔한 모텔들, 우리가 어쩌다 이 지경이 되었는가.

쏘렌토행 전동열차에 기대어 앉는다. 〈돌아오라 쏘렌토로〉, 〈오 솔레미오〉, 성악가가 아니라도 누구나 한 번쯤 흥얼대던 이탈리아 가요다. 차창에 스치는 동경의 세계, 삼대 미항 중의 첫째로 꼽히는 나폴리가 푸른 바다를 끌어안고 저만큼 멀다.

기암절벽에 흰 대리석 건물이 그림 같은 동네, 푸른 물결에 쏟아지는 태양이 장관이다. 북유럽 사람들이 여기만 오면 환장을 한다는 밀이 허사는 아닌가 보다. 늘 우중충한 날씨에 움츠려 살다가 이 찬란한 햇살에 훌훌 벗어 던지고 〈오 나의 태양〉을 외칠 만도 하다.

상쾌하다. 좌로는 카프리가 손에 닿을 듯 가깝고, 우로는 폼페이와 나폴리가 팔 벌려 안긴다.

콧노래로 쏘렌토를 흥얼대는 아내의 손을 잡고 '꿈의 섬'이라는 카프리행 유람선에 오른다. 명사들의 별장으로 소문난 곳, 보트를 갈아타고 먼저 푸른 동굴을 찾는다. 높이 30미터, 폭 16미터의 터널에 스미는 햇살이 암벽에 반사되어 믿을 수 없을 정도의 환상적인 색깔을 연출한다.

금상첨화는 이를 두고 한 말인가. 성악을 전공하는 가이드 정 군의 멋진 선상 아리아에 짜릿한 흥분을 느낀다.

천 길 절벽에 넥타이처럼 걸린 일차선 도로, 곡예하듯 추월하는 운전 솜씨에 요실금이 도진다. 정상에 올라 꿈의 섬을 내려다보며 맥주 한 잔으로 갈증을 달래고 나폴리행 쾌속선에서, 노을에 취해 흐느적거린다.

로마에서 동북쪽으로 한나절을 달려 르네상스의 발상지인 피렌체에 이른다. 미켈란젤로 언덕에서 숨을 고르며 아르노강이 흐르는 꽃의 도시를 굽어본다. 하늘 아래 세 번째로 꼽히는 성모마리아 성당이 압권이다.

《신곡》을 쓴 단테가 여기에서 태어났고, 미켈란젤로가 오래 머물며 예술의 꽃을 피운 곳도 여기다. 황금으로 양각된 세례당의 '천국의 문'을 어루만지다가 뒤돌아선다.

건축 공학상 세계 유일한 수상 도시 베네치아, 오 리도 넘는 다리를 건너 다시 배로 갈아타고 한 참을 간다. 백이십여 개의 섬을 사백여 개의 다리로 연결하여 미로 같은 수로가 비단폭으로 얽히고설킨다.

567년경 훈족의 침입에 쫓긴 사람들이 늪지에 참나무로 기둥을 세우고 돌과 흙을 쌓아 살면서 시작된 역사다.

7세기 말에는 무역의 중심지로 성장되어, 도시국가로 자리를 잡는다. 십자군 전쟁을 계기로 동방무역을 확대하여, '마르코 폴로'가 중국까지 실크로드를 개척할 정도로 전성기를 누린다.

오색 인종이 물결을 이루는 산마르코 광장, 앙증스러운 곤돌라에 올라 거울 같은 수로에 미끄러진다.

세상에 이런 곳도 있다는 말인가. 자동차가 없는 도시, 흔들흔들 배를 저어 느림으로 시간을 누리는 이들의 삶에 멋과 낭만을 맛본다.

이탈리아, 유구한 역사와 찬란한 문화에 손색이 없다. 동서남북 어디를 가나 기적 같은 유물들이 발치에 걸린다. 대대로 누리는 조상의 음덕陰德, 우리는 후손에 무엇을 남기려 하는가, 상처투성이의 조국의 산하가 아른거린다.

알프스의 준령을 다시 넘어 오스트리아로 접어든다. 산 속에 아담한 도시 인스부르크, 눈 위에 스미는 노을이 인상적이다.

독일 히이델베르그에서 미음에 점 히나 찍고, 프랑그푸르트 공항에 앉아 꿈같은 여정을 새김질한다.

넓은 세상 볼 것도 많다. 한 점 구름으로 흐르는 내 늘그막, 아직은 살아 있으니 이 아니 즐거운가……

〈2005〉

북유럽기행 1

고향을 찾으려면 고향을 떠나라 했던가. 나를 찾기 위해 어디론가 떠난다. 반복되는 일상이 지루하다 싶으면 주저 없이 배낭을 꾸리는 습성은 이미 오래다. 내 존재의 느낌과 희열을 길에서 얻기 때문이다.

현충일에 작은 행사 하나를 마무리하고 홀가분한 기분으로 길을 나선다. 언제나 그렇지만 이번 나들이는 아이들이 걱정할 정도로 모험에 가깝다. 그도 그럴 것이 관절이 편찮은 내자內子를 데불고 러시아를 비롯한 북유럽 여섯 나라를 둘러보는 긴 여정이니 그럴 만도 하다.

말 그대로 남부여대요 부창부수다. 진통제에 파스까지 챙겨들고 해맑은 모습으로 길벗이 되어준 포근한 내 반려伴侶가, 이 아니 고마운가.

러시아 항공, 우리의 국적기와는 그 느낌이 전혀 다르다. 승무원들의 알아듣기 어려운 언어가 살가울 리 없다. 정오께 이륙하여 열 시간 가까이 날아 해거름에 모스크바에 내린다.

철의 장막, 크레믈린, 변증법, 노동가치설, 한때는 반공 강사로 목청을 돋우던 위인이니, 그 감회가 어찌 남다르지 않으랴.

공동생산, 필요분배, 노동자 농민 지상낙원, 그 화려한 수식어는 한갓 신기루였단 말인가. '레닌'의 동상이 끌어 내려진 '막시즘'의 종주국, 어딘지 모르게 씁쓸한 느낌이 가시지 않는다.

일정에 따라 노르웨이 오슬로로 먼저 향한다. 노르웨이, 6·25 전란에는 스웨덴과 함께 병원선을 파송하여 많은 생명을 구해주었고, 휴전이 된 후에도 오래 머물면서 의료 장비는 물론 현대 의술을 전수해 준 고마운 나라다.

서로 상반되는 통계 하나가 눈길을 끈다. 우리는 낮은 출산율에 이혼율은 높고, 여기는 높은 출신율에 이혼율은 낮다는 것이나. 그렇다면 우리가 지향해야 할 모델이 아닌가 싶기도 한데, 그 내면을 들여다보면 얘기는 달라진다.

젊은 남녀의 대다수가 혼전 동거를 하고, 신생아의 과반이 미혼모의 아이들이라면, 다한 말이다. 어린 학생들이 아이와 함께 등하교가 자연스러운 나라, 분명 별난 동네다.

앞서가는 선진국들이 다 이런 추세다. 역사는 지금 어디로 가고 있는가. 무너지는 윤리관, 천지개벽이 어디 따로 있으랴 싶다.

스칸디나비아 반도 바이킹의 후예들, 우리의 가족 제도와는 그 가치관이 너무 다르다. 그런데도 풍요와 번영, 질서와 평화, 차원 높은 문화로 선망의 대상이 되고 있다. 우리의 타산지석他山之石이 아닐까 하여 넓은 시야로 눈여겨보는 소이가 여기에 있다.

오슬로에서 돔바스로 가는 길, 동계 올림픽이 열렸던 릴레함메르를 지나 고요한 오타강가에서, '그리그'의 〈솔베이지 노래〉를 가슴으로 들으며 한숨을 고른다.

희안한 일이다. 벌써 몇 시간째 똑같은 풍경이 반복된다. 자작나무, 소나무, 전나무, 이 세 종류의 나무들이 숲을 이루고, 그 사이사이 크고 작은 초원들이 융단처럼 깔린다. 사람이 사는 동네에 먹을거리가 보이지 않는다. 밀, 옥수수, 감자, 채소는 물론 과일나무 한 그루도 볼 수가 없다.

구릉지나 바위들이 많은 풀밭에 새끼들을 거느린 양과 소는 이따금 보일 뿐 사람은 찾아보기 쉽지 않다.

다 고만고만한 집들이 지형에 따라 터를 잡은 풍경이 그림보다 더 아름답다. 특별히 크거나 화려하지도 않고 그렇다고 초라해 보이지도 않다. 커튼이 단정하게 쳐져 있고 장작더미 승용차 트렉터 등이 있는 것으로 보아 사람이 사는 것은 분명한데, 이 어찌된 일인가.

짧은 여름 햇살에 곡식이나 채소의 수확은 신통치 않고, 그 대신 한 해에 목초를 세 번 베어 이웃 나라에 수출도 하고, 숲 속에 방목 중인 가축들의 겨울 먹이로 쓰는 것이 이 나라 녹색사업이라는 것이다.

척박한 자연환경이다. 이전에는 어떻게 살았을까 싶다. 그러기에 악명 높은 바이킹으로 도전의 삶을 살았는지도 모른다.

놀라운 일이다. 어디를 보아도 허술한 데가 한 구석도 보이지 않는다. 멍석만한 자락에도 나무 아니면 초지다. 이들의 성실과 근면이 한눈에 보인다.

자연환경은 우리와 비교도 안 되는데 그 삶은 저만큼 앞서 있다. 초탈해 보인다. 마치 전설 같은 무슨 도인들의 세상을 보는 것만 같다.

신선한 충격이다. 세상에 이런 곳도 있구나. 이런 삶도 있구나. 없는 듯이 있고, 노는 듯이 일하며, 죽은 듯이 살고 있구나.

보는 것만으로도 평화스럽다. 이방의 나그네 눈이 열린다. 신비한 나라 노르웨이, 가슴이 설레어 발걸음이 가볍다.

내 늘그막에 아내의 손을 꼬옥 잡고 꿈같은 이 길을 걷고 있으니, 이 아니 좋은가.

〈2010〉

북유럽기행 2

밤 열시, 해는 아직도 산마루에 걸려 있다. 말로만 듣던 백야 현상이다. 내일은 요정의 길을 지나 '게이랑에르 피오르'를 보는 날이다. 커튼으로 빛을 가리고 설레는 마음으로 꿈길에 든다.

요정의 길, 문을 열어 주는 기간이 한 해에 넉 달도 채 안 된다는 심술궂은 길이래서 붙여진 닉네임이다. 아직도 음지는 잔설의 두께가 철옹성이다. 늘어진 갈지之 자를 수없이 그리며 깎아지른 절벽을 용케도 기어오른다.

쌓였던 눈이 녹으면서 쏟아져 내리는 물기둥이 장관이다. 언뜻 스치는 햇살에 영롱한 무지개가 차창에 어린다. 오금이 저리고 숨이 막혀 탄성조차 쉽지 않다.

고개 마루에 이르자 박수가 터져 나온다. 쉼터에서 감탄사만 연발하다가 환상의 계곡을 돌고 넘어 '게이랑에르'에 이른다.

유네스코가 지정한 세계자연문화유산 중 하나다. 천애의 절벽 사이로 구비 쳐 파고드는 물결이 비경祕境이다. 산허리에 감도는 구름 사이로 흰 눈을 이고 있는 산마루가 신비롭다. 검은 절벽에 푸르른 숲, 가지가지 꽃이 피고 혹은 굵게 혹은 가늘게 흘러내리는 물줄기가 수없이 걸려 있다.

시간을 잊은 채 머무르고 싶은 마음 굴뚝같으나 타고 있는 배는 구름에 달 가듯이 잘도 간다. 앞에 있던 것들이 어느덧 뒤로 가고, 저만큼 멀던 것이 금세 눈앞에 다가온다. 사람살이와 무엇이 다르랴.

배를 세 번이나 갈아타고 세 군데의 피오르를 지나, 육 십리도 넘는 좁고 긴 터널을 빠져나와, 풀름에서 산악열차에 오른다. 해발 2미터에서 출발하여 866미터의 미드랄역까지 평균 고도 55도에 이르는 낭만의 기찻길이다.

바이킹의 근성을 보는 듯하다. 험준한 계곡과 절벽을 휘어감고 오르다가 잠시 멈춘다. 정상이 눈앞에 보이는 듯한데, 엄청난 물줄기가 쏟아져 내리는 효소 폭포가 장관이다.

노르웨이 자연은 인류의 보고라는 찬사가 과언은 아닌 듯하다. 짧고 긴 터널을 수없이 지나고 눈 덮인 준령을 힘겹게 넘어 보스에서 버스를 갈아타고 베르겐에 이른다.

12~13세기에는 이 나라 수도였던 한자동맹의 중심지, 일곱 개의 작고 아담한 피오르를 서로 연결한 아름다운 항구도시다.

어수선한 길가의 노점상, 활기 넘치는 어시장, 이 나라에서 처음으로 사람 냄새를 느낀다. 연어회를 안주삼아 맥주 한 캔으로 목을 축이고 오던 길을 거슬러 오슬로로 향한다.

산을 넘고 물을 감돌기를 한나절, 어디를 가나 꿈같은 환상의 길이다. 점점 녹아들어 지금은 산마루에 걸려 있는 푸른 빙하를 올려다보며 지구의 온난화를 실감한다. 계곡을 가로지른 아슬아슬한 구름다리도 건너보고, 노란 민들레 사이로 푸른 초원을 걸으며 두고 온 속세를 잠시 잊기도 한다.

오슬로, 인구 60여 만의 이 나라 수도다. 높은 빌딩도 없고, 찬란한 문화유산도 없다. 없는 것이 더 있다. 빈민촌이 없다. 빈곤층이 없다는 반증이 아니겠는가.

개인의 노력과 관계없이 기본 생활이 보장되는 곳, 경외스러운 대자연과 함께 참으로 부러운 나라다.

비겔란 조각 공원, 인생의 탄생에서 죽음에 이르기까지 희로애락의 여정을 표정과 동작으로 순수하게 표현된 작품들이 인상적이다.

제목은 물론 설명도 없다. 각자 자기의 눈으로 보고 느낄 뿐이다. 백이십여 명의 남녀가 서로 뒤엉켜 밟고 오르려는 인간 본연의 욕망을 조각한 '모노리텐'탑, 시선을 떼기가 쉽지 않다.

절간의 해우소, 지금도 여름철이면 수많은 구더기가 벽을 타고 기어오르는 광경을 볼 수 있다. 밟고 오르고 넘어 오르고, 오르고 오르면 거기에 무엇이 있을까. 저 모습과 무엇이 다르랴 싶어 깊은 상념에 젖기도 한다.

선박 박물관에서 바이킹의 역동성을 곁눈질하다가, 우리 대통령 한 분이 노벨 평화상을 수상한 시 청사 중앙홀에서 흐뭇한 긍지를 느낀다.

이 나라의 복잡한 역사는 차치하고, 사흘에 걸쳐 보고 느낀 감회가 너무 크다. 봄과 여름이 한 계절로 이어지고, 어둡고 칙칙한 겨울이 긴 나라, 그런데도 해안을 따라 울창한 숲은 부러울 정도다.

6월부터 8월까지는 백야 白夜, 12월부터 1월까지는 밤 같은 낮이 계속되는 이채로운 곳. 사계절이 분명한 아름다운 내 조국 금수강산에 어찌 비할 수 있으랴.

없는 듯이 있고 노는 듯이 일하는 이 나라 전원 풍경을 가슴에 안고, 국경을 넘어 스웨덴의 남부를 가로질러 덴마크로 향한다.

〈2010〉

북유럽기행 3

작아도 큰 나라 덴마크. 한반도의 5분의 1 정도의 국토에 인구는 550여 만 명, 국민소득은 6만여 달러에 이르는 복지국가다.

스칸디나비아 반도의 빙하가 대서양으로 흐르면서 퇴적물이 쌓여 400여 개의 크고 작은 섬들을 만들어 놓았다. 그중 큰 섬인 핀, 셀란, 보른홀름 등이 있으며, 제일 높은 산이 200미터도 채 안 되는 언덕과 늪으로 이루어진 곳이다.

외래순 좁은 해협을 사이로 북으로는 노르웨이, 동으로는 스웨덴, 남쪽은 독일과 인접하고, 서쪽은 발틱해의 좁은 통로로 마치 병목점의 초소라고나 할까.

이전에는 낙농업으로 알려졌으나 지금은 제약, 화학, 공업디자인 등의 발전으로 튼튼한 기반을 다지고 있다.

'상인들이 거래하는 항구'라는 의미의 코펜하겐, 붉은 벽돌의 시청사와 주변 거리가 중후감을 풍긴다.

동화의 아버지 안데르센의 동상, 모자를 쓴 채 먼 하늘을 바라보는 모습에서 이웃집 아저씨 같은 정감을 느낀다. 어릴 때 읽었던 〈인어공주〉, 〈미운 오리새끼〉, 〈벌거벗은 임금님〉 등이 떠올라, 수많은 사람이 어루만져 반질반질 빛이 나는 무릎을 살며시 만져 본다.

그 유명한 '인어공주'는 중국 상하이 엑스포 장으로 출장을 갔다는 말에 발길을 돌려 이 나라 신화를 조각한 분수와 왕실을 둘러보고 스웨덴으로 향한다.

스스로 '이상국가'임을 자부하는 나라, 한반도의 두 배가 넘는 국토에 인구는 900여만 명으로 국민소득이 4만여 달러에 이른다. 한때는 노르웨이와 핀란드까지 지배하여 스칸디나비아 강국으로 위세를 떨치기도 했다.

열네 개의 크고 작은 섬을 오십여 개의 다리로 연결한 아름다운 항구도시 스톡홀름, 노벨상 시상식이 열리는 시청사가 압권이다.

팔백여 만 개의 붉은 벽돌과 수많은 금도금 모자이크, 백 미터가

넘는 시계탑이 눈길을 끈다. 더욱 놀라운 것은 누구나 자유롭게 쉬고 즐길 수 있도록 이 아름다운 공간을 열어주는 열린 행정이 아니겠는가.

세계인의 관심을 끄는 전함 바시호, 사백여 년 전의 그 위용에 경탄을 금치 못한다. 1628년 8월 1일 출항하자마자 침몰하여 잊혀진 것을, 어려운 과정을 거쳐 1961년 인양, 복원하였다고 한다.

길이 69미터 높이 52미터 대포 64문 탑승인원 450여 명인 거함이다. 원형을 찾지 못하는 우리의 거북선이 떠올라 아쉬운 마음이 여운으로 남는다.

전망대에서 낭만적인 전경을 조망하다가 저녁에 핀란드로 향하는 실자라인 크르주에 오른다. 하층은 자동차와 화물, 6~7층은 유흥 공간, 8~9층은 980실의 객실로 이루어진 호화 여객선이다.

산해진미에 와인까지 곁들인 느긋한 저녁 만찬, 백야의 바다가 황홀경이다.

정을 마시고 달빛에 취한다 했던가. 아내의 주름진 얼굴에 함박꽃이 벙근다. 잠을 이룰 것 같지 않다. 미끄러지듯 흐르는 뱃전에 기대어 지나온 날들을 돌이켜 본다. 내 이제 무엇을 위해 초조해하고 황망해하겠는가. 물같이 바람같이 유유히 흐르고 싶은 마음뿐이다.

호수의 나라 핀란드, 백여 년 간 러시아의 속국으로 살다가 1917년 독립된 나라다. 한반도 보다 조금 더 넓은 국토에 인구 오백여만으로, 유럽인들이 가장 여행하고 싶어 하는 곳이다.

수도 헬싱키, 원로 광장에서 역동성을 실감한다. 대통령 관저가 있는 숲 속을 지나 1952년에 올림픽이 열렸던 스타디움을 차창으로 관상한다.

바위산을 다이너마이트로 폭파하여 파인 공간에 천연 암벽을 그 대로 이용한 암석 교회에 깊은 인상을 느낀다. 참으로 기발하고 소박하다.

세계적인 작곡가 '장 시벨리우스 기념 공원', 조국을 사랑하는 그의 혼이 깃든 대 서사시 〈핀란디아〉를 조각으로 설치된 파이프 오르간에서 가슴으로 듣는다. 나라 잃은 백성의 설움을 우리는 안다. 그러기에 더욱 더 그의 상반신 조각상에 따뜻한 온기가 느껴진다.

식료품과 과일을 파는 바닷가 시장에서 과일 몇 가지를 사서 들고, 발트 삼국 중 가장 아름답다는 '에스토니아'를 향해 페리에 오른다.

인구 백십여 만의 작은 나라, 러시아에 속해 있다가, 독립된 지 얼마 안 되는 여러 나라 중의 하나다. 알렉산더 넴스키 성당 룸페아 언덕과 성벽, 세계문화유산인 올드 타운, 깨끗하고 아담하고 아기자기한 거리 풍경이 인상적이다.

강대국은 약소국에 못할 일이 없다. 반대로 약소국은 살아남기 위해 못할 일이 뭐가 있겠는가. 이 작은 나라가 겪어온 지난날은 말 그대로 불문가지不問可知다. 성벽 하나 건물 하나가 예사롭지 않다.

모든 나라와 모든 민족이 더불어 함께 사는 평화스러운 지구촌을 바라며 러시아로 향한다.

〈2010〉

북유럽기행 4

철의 장막(?) 러시아의 국경, 시쳇말로 까칠하다. 찾아오는 손님이 귀찮다는 듯 굳은 표정이 좋을 리 없다.

유럽인들은 여권만 보는데 우리는 짐을 다 가지고 내리라는 지시 (?)다. 일인 당 십 유로씩 달라는 제안을 못 들은 체 한 댓가라고나 할까.

차창에 스치는 농민들의 삶이 고단해 보인다. 스칸디나비아 반도의 풍경과는 천양지차다. 여기저기 뜯기고 파인 이차선 도로를 한 나절이 넘도록 달려 이 나라 제 2의 도시인 상트페테르부르크에 닿는다.

17세기에 표트르 대제가 발트해를 통해 유럽 진출을 목표로 수심이 깊은 네바강을 중심하여 늪지대에 세운 역사 깊은 도시다.

크고 작은 운하가 거미줄처럼 연결되어 또 하나의 베니스로 불릴 정도로 운치가 있다. 배치된 건물들이 파리의 거리를 연상케 한다. 구역마다 마치 잘 꾸며진 하나의 세트장같이 아름다운 조화를 이룬다.

제 2차 세계대전 때에는 독일군들이 포위를 하고도 문화재 보호를 위해 대포 사격을 보류할 정도로 찬란한 문화유산의 보고라 해도 과언이 아니다.

겨울 궁전 박물관, 건물에서부터 중압감을 느낀다. 화려한 전시물들은 차치하고 하얀 방에 멈춘 탁상시계 하나가 눈길을 끈다.

1917년 10월 25일, 군함 오로라호의 대포 소리를 신호로 봉기한 볼세비키 혁명군들이 제정 러시아 마지막 황제 니콜라이 2세를 체포하고 새로운 역사의 정점으로 그 자리에 있던 시계를 정시시켜 놓은 역사적인 기념물이다.

"전 세계 노동자 농민들이여! 붉은 깃발 아래 뭉쳐라. 흡혈귀 같은 소수의 자본가들을 다도하고 무신 대중이 주인이 되는 지상낙원을 만들자!"

그렇게 시작된 새 역사는 과연 어떻게 되었는가. 세계 곳곳에서 수많은 피를 흘려야 했다. 우리도 그 피해자요, 아직도 아픈 상처가 아물지 않고 있다. 그 잘난 이념을 위해 얼마나 많은 젊음들이 목숨을 버렸는가.

주인이라던 노동자들이 "우리에게 빵을 달라"고 외치던 절대 빈곤을 양산하지 않았던가.

이제 그 낡은 이념을 스스로 버리고 반드시 망할 것이라던 자본주의의 시장 경제를 답습하고 있는 사회주의 종주국, 이에 더한 아이러니가 어디에 있으랴.

각설하고 문화유산으로 귀한 대접을 받고 있는 황실과 귀족들의 화려한 사치품들을 보면서 '이게 곧 역사인 거야' 하며 웃을 수밖에…….

루벤스의 〈노인과 여인Roman Charity〉라는 그림 앞에 멍하니 서 있다. 이 세상에서 이토록 기막힌 장면이 어디에 또 있겠는가. 작품 속에 배어있는 '오브제'를 상상하며 소설을 쓴다. 숨이 턱에 걸려 있는 노인, 손목에 쇠사슬로 보아 종신형으로 수감중인 죄수가 분명하다.

젊고 예쁜 여인이 그 노인을 품고 풍만한 젖가슴을 열어 젖꼭지를 물리고 있다. 누가 이 광경을 외설스럽다고 하겠는가.

마지막으로 허락된 면회 통보를 받고 하나뿐인 딸이 찾아왔다. 이 순간이 이 세상 마지막 이별임을 직감하고 물이라도 한 모금 먹이고 싶으나 준비된 것이 아무 것도 없다. 본능적으로 젖가슴을 열어 몇 방울의 젖으로 입술을 적셔 주며 내려다보는 저 애절한 눈빛, 목구

멍으로 뜨거운 것을 몇 번이나 삼킨다.

데카브리스 광장에 황금의 돔을 이고 우뚝 서 있는 '성 이삭 성당', 시내 어느 곳에나 보이는 당당한 위용이다.

백 톤이 넘는 대리석 원형 기둥이 48개, 그 위층에 60여 톤의 기둥이 24개다. 핀란드 국경에서 다듬어 끌어오기까지 얼마나 많은 백성들이 피를 흘렸을까. 무려 40여 년에 걸쳐 50여 만의 백성들이 동원되어 약한 지반을 다지기 위해 2천여 톤에 가까운 철, 주철, 구리 등으로 천여 개의 기둥을 박았다는 말에 할 말을 잃는다. 교회의 본질은 건물이 아니라 신앙의 공동체인 사람이라는 생각에 올려다 보는 기분이 개운치 않다.

18세기에 건조되어 러일 전쟁에 참여했던 '순양함 오로라호', 열 척 가운데 겨우 세 척이 남은 그 중 하나다. 겨울에도 얼지 않는 항만을 확보하여 태평양 진출의 야망을 품고 일본을 향해 출항한 발트 함대다.

러시아의 팽창을 견제하는 영국의 반대로, 수에즈 운하를 통과 못 하고 아프리카 대륙을 돌아 9개월이란 긴 항해를 했으니 무슨 힘으로 싸울 수 있었겠는가.

그 때에 만일 러시아가 승리했다면 우리 역사는 과연 어떻게 변했을까. 깊은 상념에 잠겨도 본다.

〈2010〉

베드로 성당을 모방한 '카잔 성당', 1876년 12월 6일 '조국과 자유'라는 노동자 선언을 낭독하고 붉은 깃발을 꽂은 역사적인 장소다.

나폴레옹 군대를 무찌른 크투조프 장군의 시신이 안치된 곳으로 지금은 종교 박물관이 되어 찾아오는 발길이 줄을 잇는다.

표트르 대제의 여름 궁전, 프랑스의 베르사유 궁전을 방불케 한다. 열한 시 정각, 웅장한 음악과 함께 140여 개의 화려한 분수들의 일제히 물줄기를 뿜어댄다.

끝이 보이지 않을 정도로 젊은 부지에 이십 여 채의 궁전과 일곱 개의 정원, 그 중 최대의 하이라이트는 궁전 정면에 위치한 계단식 폭포다.

유럽인들이 줄을 잇는다. 한국인들도 많은 탓인지 우리 일행을 보고 거리의 악사들이 애국가를 연주한다. 반갑기도 하고 놀랍기도 하여 지폐 한 장으로 고마움을 표한다.

모스크바 붉은 광장, 레닌의 묘를 참배하려는 행렬이 끝이 없다. 이곳이 바로 러시아의 심장부요 한때는 세계 공산 혁명의 사령부다.

1812년 나폴레옹의 50여 만 군대가 애꾸눈 쿠트조프 장군의 계략

에 말려 이곳까지 점령했다가, 추위와 굶주림으로 패주하게 된 역사
의 현장이기도 하다. 감회가 새롭다. 건물마다 높이 걸린 붉은 깃발
이 빛 바래 보인다.

"상품의 가치는 그 상품을 생산한 노동자의 노동량이다. 그 상품
의 이윤은 마땅히 그 가치를 창출한 노동자의 것인데 자본가들이
착취하고 있다."

얼핏 들으면 그럴 듯한 논리다. 과연 그럴까. 삼성, 현대, LG 등 우
리 브랜드의 광고판이 현란하다. 상품의 광도도 노동자의 노동량
인가.

자본주의 필망 삼대법칙이라는 황당한 논리가 있다. 맑스의 자본
론에 있는 한 대목이다.

자본집중의 법칙, 빈곤 증대의 법칙, 이윤율 저하의 법칙을 말한
다. 이 법칙에 의해 자본주의는 반드시 망하고, 공산주의는 필연이
다. 누가 이 준엄한 역사의 수레바퀴를 멈추게 할 것인가.

소름이 끼친다. 정반합正反合이라는 변증법에 의해 반드시 그렇게
될 줄로 알았을 것이다.

반드시 망한다던 자본주의는 발전과 번영을 거듭하고, 필연이라
던 공산주의는 한갓 헤프닝으로 막을 내렸다. 지난날 공산주의 이
론 비판으로 열을 올리던 위인인지라 비록 늦었지만 개선의 기분이
없는 것도 아니다.

15세기에 이반 4세 황제가 이백여 년간 몽골의 지배에서 벗어난
것을 기념하여 세운 상크트 바실리 성당의 첨탑이 햇빛을 받아 찬

란하다.

중앙으로 양파 모양의 원형 뿔탑이 비대칭으로 배치된 것이 인상적이다. 벽의 채색은 불꽃과 파도치는 모양 무슨 과일 같은 형상들이 여러 색으로 혼합되어 보는 이로 하여금 동화의 나라를 보는 것 같은 환상에 들게 한다.

이토록 아름다운 건물을 더 이상 짓지 못하게 하기 위해 설계한 사람들의 눈을 뽑아 버렸다는 얘기는 차라리 듣지 않는 것이 나을 뻔했다. 동서고금에 이름을 떨친 독재자들은 왜 이리도 똑같단 말인가.

권위를 상징하는 이백여 톤의 황제종과 직경이 1미터가 넘는 황제대포는 사회주의 허상을 보는 것 같아 슬며시 웃음을 흘린다.

크레믈린 궁전의 높은 첨탑과 빨간 별들이, 찬란한 햇살에 가려 퇴색해 보이는 이유는 무엇일까.

사람이 주체라는 '김일성 주체사상' 그 주체인 인민들이 억압 속에서 굶주리고 있는 우리의 북녘 산하, 그 허상도 깨어질 날이 그리 멀지 않았으리라.

북유럽, 노르웨이인들의 초탈한 삶과 피의 제국 러시아의 역사 교훈을 가슴에 안고 귀로에 오른다.

이래서 여행은 보고, 듣고, 느끼는 깨달음의 길이 아니겠는가.

〈2010〉

붕정만리鵬程萬里

지난해 가을, 내자內子가 무릎 수술을 했다. 내시경을 이용한 간단한 시술이라고는 하나 결코 쉬운 일은 아니다.

무슨 검사가 그리도 많은지, 따라다니는 자가 지칠 정도면 당사자는 오죽했겠는가.

각설하고, 링거액을 주렁주렁 매단 채 널브러진 몰골을 보고 뜨거운 것을 몇 번이나 삼켜야 했다.

내 발로 걷는 것보다 쉬운 일이 어디에 있으랴만, 한 걸음 떼기가 이토록 힘들 줄이야……

겨우내 비틀비틀 비지땀을 흘리다가 해동解冬이 되면서부터 함께 나들이를 할 수 있게 되었으니 무엇을 더 바라겠는가.

"천하의 범사에 때가 있고 기한이 있다"고 했던가. "밤새 안녕"이라는 말이 있듯 내년을 기약하기 어려운 게 노인 건강임을 모르는 바 아니다.

신록이 싱그러운 계절, 세계지도를 펼쳐 놓고 동유럽을 가리키며 배낭을 꾸리자고 부추겨 본다.

'여행은 도전'이라며 살며시 웃는 그림자 같은 내 길 벗, 이쯤 되면

찰떡이 아니라 본드 궁합이라 해도 지나치지 않으리라.

아내의 휠체어를 밀고 개나리 꽃길을 산책하는 게 큰 낙이었던 어느 노老시인이 그 아내를 먼저 보내고 탄식처럼 읊은 싯귀가 있다.

"이제는 봄을 기다리지 않는다." 체념과 달관의 애틋한 정감이 긴 여운으로 가슴에 닿는다.

내 몇 번이나 더 하늘을 날 수 있을까. 걸음걸음 저무는 삶, 매 순간이 소중한 소이가 여기에 있다.

나는 분명 이 순간의 주인이요 이 순간의 산물이다. 삶은 이 순간의 연속이요 나의 내일도 이 순간에서 비롯된다.

그렇다면 이 순간을 어떻게 살아야 하는가. 일체의 구속에서 벗어나 두려움도 없고 죄의식도 없는 대자유 속에서 나와 인연된 모든 생명과 더불어 기쁘고 즐겁게 살아야 하지 않겠는가.

인간이란 무엇인가. 어디서 와서 어디로 가는가. 영원히 풀리지 않는 수수께끼 인지도 모른다. 철학자 플라톤이 말한 '이데아idea'가 내 몸이라는 유기체有機體를 통하여 경험하고 표현할 수 있는 유일한 기회라는 생각에 표현하기 어려운 희열을 느낀다.

오월 초열흘, 서둘러 길을 나선다. 독일을 거쳐 체코, 폴란드, 슬로바키아, 헝가리, 오스트리아에 점을 찍고 돌아오는 말 그대로 붕정만리다.

공항은 언제나 생기가 넘친다. 떠나는 무리들은 설렘이 파도를 치고, 돌아오는 사람들은 흐뭇함이 강물로 흐른다. 내 늘그막에 아내와 함께 이 대열에 낄 수 있는 것만으로도 그저 고맙고 감사할 따름이다.

맑고 푸른 하늘, 대지大地를 박차고 날아 오른 기내에서 멀어지는 산하山河를 내려다본다. 조금만 거리를 두고 보아도 크고 작은 것들이 다 거기서 거기다. 부질없는 세상살이, 내 이제 무엇을 위해 초조하고 황망해 하겠는가.

와인을 곁들인 기내식을 아내와 함께 느긋하게 즐긴다. 주름진 눈가에 번지는 노을이 나른나른 감미롭다.

사람은 무엇을 위해 사는가. 돈인가, 명예인가, 아니면 사랑인가. 고대 그리스의 철인哲人 아리스토텔레스는 행복으로 규정하며 이성적理性的인 삶과 중용中庸의 도덕론道德論을 설파했다.

사람은 저마다 처한 환경이 다르고 그릇이 다 다르듯이 생각이나 이성理性도 다를 수밖에 없다. 미꾸라지는 시궁창에 있어야 행복하고 원숭이는 나뭇가지에 매달려 있어야 즐겁다지 않는가. 모호한 논리에 살며시 웃는다.

미로 같은 사유思惟에 헤매다가 해가 기울 즈음, 독일 프랑크푸르트 공항에 내린다. 이제부터 펼쳐질 새로운 풍물에 나는 금세 호기심 많은 어린 아이가 된다. 주마등처럼 스치고 지나갈 소중한 순간들을 지혜의 눈으로 담아내리라.

여행은 목적이 아니라 설렘으로 즐기는 과정이 아니던가.

〈2011〉

역사는 흐른다

독일, 팔천여 만의 인구에 국민소득 삼만여 달러의 선진국이다. 희대의 걸물(?) '히틀러'가 게르만 민족의 세계제패制覇란 야망으로 온 유럽을 광란의 전장으로 휘몰았던 제2차 세계대전의 도발국이다.

그 처절했던 패전의 폐허 속에서 불과 반세기 만에 선진국으로 도약한 그 저력은 무엇일까. 신용과 성실, 근검과 절약으로 이루어낸 라인강의 기적이 경이롭다.

프랑크푸르트에서 멜링겐에 이르는 길, 그 흔한 난개발이 전혀 없다. 빌딩은 물론이요 크고 화려한 주택도 보이지 않는다.

울창한 숲, 윤기 흐르는 들, 노오란 유채, 붉은 색 지붕의 그만그만한 집들이 물감을 뿌린 듯 아름답게 펼쳐진다. 허장성세를 모르는 검소한 실용주의, 이 나라의 저력이 한눈에 보인다.

흉물스러운 장벽으로 냉전시대의 상징이었던 수도 베를린, 그 감회가 다를 수밖에 없다. 겉으로는 승전국들이 그어 놓은 서독과 동독의 경계선이었으나, 그 이면은 민주民主와 공산共産이라는 이념理念의 장벽이었다.

민주는 유심唯心, 관념觀念, 유신론有神論등 다양한 이념이 공존하지만 공산은 오직 유물론唯物論이다. 만유의 궁극적 실체는 물질이요 정신적 관념의 모든 현상은 물질에서 파생된 산물産物로 규정하는 이론이다. 여기에 변증법辨證法이라는 투쟁의 논리로 세계적화를 노리던 소위 '붉은 사상'의 뿌리요 줄기다.

물질과 정신, 마음과 몸 같은 불가분不可分의 관계는 아닐까. 닭과 계란같은 관념의 차인인데도 그 이념의 벽은 참으로 높기만 했다.

역사는 흐른다. 흐름은 변화다. 하늘 아래 변하지 않는 게 무엇이 있으랴. 철옹성 같던 그 사상의 장벽도 무너지고 말았다. 소련의 철의 장막도, 중국의 죽의 장막도 무너진 지 이미 오래다. 국경은 있으나 이념의 벽은 아니다. 한국과 중국, 일주일에 팔백여 편의 비행기가 뜨는 것만으로도 증명이 되고 남는다.

자본주의 필망론을 주장하던 그 붉은 세계는 지금 자본주의 시장 경제를 답습하느라 진통을 겪고 있다. 그들이 그토록 열을 올리던 부익부 빈익빈의 내홍內訌을 겪고 있으니 이에 더한 아이러니가 어디에 또 있겠는가.

그런데 이 어인 일인가. 지구촌에 이념의 장벽이 딱 한 군데 남아 있다.

남과 북을 가로막고 있는 내 조국의 철조망이다. '주체主體'라는 생소한 이념으로 "우리는 행복하다"며 빗장을 걸고 있다.

사람이 '주체'라는데, 그 주체인 백성들이 굶주림을 견디다 못해 탈출하는 행렬이 줄을 잇는 참으로 이상한 동네다.

‘주체’라는 이념의 벽, 이 또한 얼마나 가랴. 주체가 사람이라면 곧 ‘하늘’이 아니겠는가. ‘인내천’人乃天은 차치하고라도 민심民心이 천심天心은 만고의 진리인 것을……

“군주君主와 관원의 하늘은 백성이요, 백성의 하늘은 세 끼 밥이니라.”

성군聖君 세종世宗의 어록이다. 손바닥으로 하늘을 가리려 드는 어리석음, 어찌 연민의 정이 없겠는가.

브란덴부르크 문, 1791년에 프러시아 제국의 개선문이었으나, 한때는 냉전시대의 대표적인 관문으로 유명세를 타던 곳이다.

삼십여 년 전, 직장 연수차 이곳에 와서 마음을 조이며 카메라에 몰래 담았던 그날의 기억이 새롭다. 가슴을 억누르던 그 장벽은 이제는 흔적도 없다. 지나고 보니 별것도 아닌 그 잘난 이념을 위해 얼마나 많은 생명이 죽었고, 그 세력을 막기 위해 얼마나 많은 피를 흘려야 했던가.

우리의 ‘판문점’이 역사의 기념물로 남을 날도 그리 멀지 않으리라.

벅찬 감회로 브란덴부르크 문을 바라보며 심훈의 시 한 구절을 조용히 읊는다.

그날이 오면 그날이 오며는
삼각산이 일어나 더덩실 춤이라도 추고……

〈2011〉

미스터리

역사는 과거의 기록이요, 오늘의 거울이며 내일의 교훈임을 누가
부정하랴. 허나, 풀리지 않는 수수께끼가 더러 있는 것도 사실이다.
그중 하나가 폴란드에 있는 '아우슈비츠' 나치 수용소다.

인간이 저지른 범죄 중에 이에 더한 죄악이 어디에 또 있겠는가
오금이 저려 걸음을 떼기가 어렵고, 가슴이 아려 차마 눈을 뜨고 볼
수가 없다.

아우슈비츠 수용소 하면 먼저 수백여 만 명이 목숨을 잃은 유대
인이 떠오른다. 이곳에서만 백오십여 만 명이 죽었다는 말에 어안이
벙벙할 뿐이다. 어찌 유대인 뿐이랴. 수많은 정치인, 종교 지도자, 집
시족, 동성연애자, 잡범, 심지어 여호와의 증인들까지 닥치는 대로
끌려와 목숨을 잃은 생지옥의 현장이다.

여러 곳에서 마치 쓰레기처럼 화물칸에 실려 왔다. 굶주림은 물론
이요, 숨쉬기조차 어려워 오는 도중 숨이 멎는 자 부지기수다. 반죽
음이 되어 비틀거리는 무리들을 향하여 독일 병사의 채찍을 맞으면
서도 물바가지를 뿌려 주던 〈쉰들러 리스트〉라는 영화의 한 장면이
언뜻언뜻 명멸한다. 이마에 흐르는 물 한 줄기, 이에 더한 생명수가

어디에 또 있었겠는가.

　노동력이 없는 노약자, 장애인, 임산부, 어린 아이들은 들어서자
마자 죽임을 당했다. "노동은 자유다"라는 현수막 아래 뼈가 앙상한
사람들이 비틀거리며 삽질을 하는 사진 한 장이 시선을 끈다.

　폴란드에서만 삼백삼십여 만의 유대인이 살고 있었다. 전쟁이 끝
난 뒤 겨우 삼십여 만 명이 살아남았다면 그 참혹상은 짐작이 되고
도 남는다.

　히틀러는 왜 그토록 유대인을 증오했을까. 시쳇말로 씨를 말리려
들었다.

　혹자는 메시아인 예수를 불신한 형벌이라고 하나 아마도 선민사
상에 대한 열등감이 아니었나 싶다.

　특정지역으로 이주시킨다는 미명하에 한 가정 당 몇 킬로그램 정
도의 짐만을 챙길 수 있었다. 가방 하나에 귀중품만 챙겨 들고 온
가족이 쓰레기처럼 실려야 했다.

　상상이 안 된다. 십여 만의 군중도 인산인해人山人海라 하는데, 육
백여 만이라면 할 말을 잃는다. 그들이 남긴 유품들이 종류별로 산
더미처럼 쌓여 있다. 어린 아기들의 그 앙증스러운 신발더미 앞에서,
울컥울컥 응어리를 삼킬 수밖에 없었다.

　신神은 무소부재無所不在 전지전능全知全能이라 한다. 안 계신 곳이
없고 능하지 못한 게 없다는 뜻일 게다.

　그 신이 이곳에도 있었을까. 이토록 잔인한 범죄 행위를 억제할
의지가 없었을까. 아니면 억제할 능력이 없었던 것일까. 의지가 없

었다면 어찌 선하다 할 것이며 능력이 없다면 어찌 전능이라 하겠는가.

갑갑하다. 이 어찌된 일인가. 신의 뜻(?)이라면 할 말이 없다. 때가 되면 심판하여 흑과 백으로 가른다면, 글쎄 신의 뜻은 그런 것일까.

이토록 잔인하고 큰 범죄 행위는 히틀러와 그를 추종하는 소수의 무리들의 짓인가. 아니면 한 국가와 한 민족이 집단적으로 저지른 것일까. 독일과 게르만 족은 결코 이 범죄에서 자유로울 수 없다.

"눈은 눈으로, 이는 이로"라는 유대인의 율법이 있다. 국가 지도자가 사과를 하고 얼마의 배상을 했다고 하나 이것으로 씻길 일인가.

전후에 이스라엘과 독일 중 어느 쪽이 더 번영의 축복을 누리고 사는가.

우리의 이웃 일본은 어떤가. 패전국인 일본은 통일되고 일제의 강점에서 해방된 우리는 남북으로 분단이 되었다. 어찌 그뿐인가.

패전의 그 처절한 폐허를 딛고 일어서게 된 결정적인 계기가 우리끼리 피 흘려 싸우던 6·25 전란이었으니 참으로 기이한 일이다.

일본은 기독인들이 극히 적다. 지금도 백만 명을 밑돌고 있다. 우리는 어떠한가. 오천여 만 가운데 이천여 만이 기독인들이다. 이 또한 미스터리다.

"역사를 잃어버리면 그 역사가 반복된다." 수용소 안내판의 첫 구절이다. 역사는 어디로 가고 있는가. 그 교훈은 무엇인가. 꼬리를 무는 미스터리에 돌아서는 발걸음이 가볍지 않다.

〈2011〉

바람에 범 가듯이 1

목월木月의 나그네는 구름에 달 가듯이 걷고, 지구촌 나그네는 바람에 범 가듯이 날아다닌다.

베를린에서 동쪽으로 사백여 리, '숲 속의 사람'이라는 의미의 '드레스덴'에서 해찰을 한다. 작센 왕국의 궁궐이 있는 아담한 동네다.

전쟁은 모든 것을 파괴한다. 히틀러의 은신처로 의심을 받았다면, 말할 것도 없다. 궁궐의 마구간 담벼락 하나만 남아 있는 사진 한 장이 이를 증명하고 있다.

우연일까, 아니면 다른 뜻이 있었을까. 사람들은 후자에 방점을 찍는다. 그게 뭘까. 높이 8미터 길이 백여 미터의 벽화 때문이란다. 도자기로 모자이크한 '군주의 행렬'이라는 그림, 눈을 뗄 수가 없다. 바람에 나부끼는 머릿결 하나 얼굴 표정까지 살아 움직이고 있다.

역사에 남을 문화유산이다. 이를 보호하라는 지휘관의 명령, 이를 따른 병사들, 폐허 속에 곱게 피어난 한 송이 꽃을 보는 것 같아 몇 번이나 눈여겨본다.

파리를 보호하기 위해 프랑스군은 조용히 물러났고, 독일군은 포격을 자제했다는 말을 듣고, 참으로 다행이라는 생각은 인지상정人

之常情이리라.

　종전 후, 소련의 위성국이었던 동독 정부는 심혈을 기울여 옛 모습 그대로 복원을 했다. 웅장하지 않고 그렇다고 초라하지도 않다. 사람을 포근하게 감싸주는 절묘한 조화에 이방의 나그네 마음이 편하다. 작센 스위스 국립공원에 이르는 강변길, 환상적이다. 맑고 푸른 물, 윤기 흐르는 숲, 흐드러진 기화요초, 그 사이사이 크고 작은 건물들이 참으로 아름답다. 그랜드캐니언과 스위스의 풍광을 자랑하는 휴양지에서 맥주 한 잔으로 목을 축이고 국경을 넘어 체코로 향한다.

　유럽연합이라는 이름으로 이십어 나라가 하나가 되었나. 행성상 국경은 있으나 가로막는 것은 아무 것도 없다. 상전벽해요 천지개벽이다. 같은 언어 같은 문자를 쓰는 단일민족이 남북으로 갈리어 총부리를 겨누는 내 조국을 떠올리며 깊은 상념에 젖는다.

　체코, 10세기경에는 보헤미아 왕조가 폴란드와 헝가리를 통치하였고, 14세기에는 카를 4세가 신성로마제국 황제에 오를 정도로 국력이 강했던 나라다.

　16세기 후반에는 오스트리아와 독일 등에 지배를 받았고, 2차 대전 후에는 소련의 위성국가로 있다가 민주화 운동으로 '프라하의 봄'을 이룩하여 지금은 유럽연합의 일원이 되었다.

　백탑의 도시라 불리는 프라하, 유네스코가 지정한 문화유산이 제일 많은 곳이다. 작은 골목길 하나에도 중세의 향기가 배어난다. 로마네스크, 고딕, 르네상스, 바로크 양식 등 진귀한 건물들이 골고루

남아 있어 시내 전체가 하나의 역사박물관이다.

몰다우 강에 드리운 프라하성의 그림자에 탄성이 절로 난다. 아내의 손을 꼬옥 잡고 유서 깊은 다리 '까를교'를 건너, 매 시간마다 종소리에 맞춰 인형들이 춤을 추는 시계탑 광장에서 시간을 잊는다.

차도 인도 할 것 없이 돌조각으로 모자이크한 거리가 인상적이다. 돌길을 달리는 마차 소리 요란하다. 시간을 거슬러 중세의 꿈길을 걷는 것 같은 환상에 젖는다.

스메타나의 바이올린 선율이 감미로운 길거리 카페에서 차 한 잔을 즐긴다. 스치고 지나는 순간들이 참으로 아쉽다.

이 세상 소풍길, 내 다시 프라하의 거리를 걸을 수 있을까.

걸음걸음 날이 저문다.

〈2011〉

바람에 범 가듯이 2

　폴란드, 14세기경에는 피아스타 왕조로 통일되어 황금기를 누리기도 했으나, 18세기에 이르러 러시아와 오스트리아에 멸망하는 불운을 겪기도 했다.

　2차 대전 때에는 독일의 침략을 받았고, 종전 후에는 소련의 위성 국가로 있다가 이제 유럽연합의 일원으로 독립된 나라다.

　제2의 도시 크라카우시, 오백여 년간 왕궁이 있었던 고도古都로 고색창연한 바벨성이 지난 세월을 말하고 있다.

　소금 광산, 오랜 세월 소금을 채굴한 지하세계가 장관이다. 삼백여 미터의 깊이에 총 길이는 무려 삼백여 킬로미터가 넘는다는 설명이다.

　광산 노동자들이 만들었다는 성 안토니우스 성당이 압권이다. 성서의 여러 장면들을 조각한 작품들은 하나하나 다 예술이다. 그중 크리스탈 소금 동굴은 유네스코가 자연문화유산으로 지정하여 보호 중이다.

　지하의 하늘나라, 참으로 기이한 세계다. 빛과 소금은 신앙의 본질이 아니던가. 소금으로 조각된 예수상에 옷깃을 여민다.

오래 머물 수도 없다. 밀러드는 인파에 자리를 내어주고 동계 올림픽이 열렸던 작고파네의 풍광에 취해 한숨을 돌리다가 헝가리로 접어든다.

수도 부다페스트, 이 나라 건국 천 년을 기념한 영웅광장이 눈길을 끈다. 민족의 수호신인 가브리엘 천사를 필두로 역대의 왕과 장군들의 동상이 좌우로 배열되어 있다.

그 당당한 위용에서 우랄산맥을 넘어 서역으로 진출한 훈족의 기상이 은연중 풍겨난다. 체인교를 건너 어부의 요새 성터에 오른다. 일곱 부족을 상징한 고깔 모양의 일곱 탑이 인상적이다. 흰 대리석으로 세운 마사시 교회까지 보는 이의 탄성이 질로 나는 곳이다.

시내 전경이 한눈에 보인다. 굽이쳐 흐르는 다뉴브 강을 중심으로 '부다'와 '페스트'가 조화롭게 펼쳐진다.

다뉴브 강물에 노을이 물든다. 유람선을 타고 아내와 마주 앉아 와인잔을 기울이며 낭만에 젖는다. 모든 것이 정겹고 아름답다. 다뉴브 야경이 세계 제일이라는 찬사가 나올 만하다.

왕궁, 국회의사당, 어부의 요새, 마사치 교회, 경제 대학, 체인교 등, 문화유산들이 은은한 불빛에 한 송이 꽃으로 피어난다. 어느 야경을 이에 비하랴.

스치는 바람결 흐르는 물결이 아름답고 감미롭다. 머무르고 싶은 순간들이다. 내 언젠가 다시 와 아내를 길벗하며 오래오래 머물고 싶은 마음 간절하다.

오스트리아, 12세기에는 합스부르크 왕가가 신성로마제국의 황제

를 겸하면서 중부유럽을 지배하였고, 18세기에는 오스트리아, 헝가
리 제국으로 소련을 포함한 광활한 국토를 지배할 정도로 강국이
었다.

1차 대전 패전국으로 국토는 사분의 일로 줄었으며 2차 대전 후에
는 승전국들에게 분할 점령되었다가 1955년 영세 중립국으로 독립
된 나라다.

음악의 도시 비엔나, 육백여 년간 합스부르크 왕가의 화려한 도읍
지로 찬란한 문화유산이 넘쳐나는 곳이다.

쉔부룬 여름 궁전, 파리의 베르사유 궁전을 방불케 하는 위용이
이 왕가의 위력을 말하고 있다.

역사는 흐르고 권력도 흐른다. 그들이 남긴 문화유산들만 역사에
남아 빛을 발하고 있다. 독재자일수록 많은 유물과 유산을 남겼으니
그나마 다행이라고 할까.

붕정만리, 지구를 반 바퀴 돌아온 지 십여 일이다. 바람에 범 가
듯이 날아다니다가 파김치가 되어 귀로에 오른다. 애면글면 힘은 들
어도 여행은 언제나 새롭고 즐겁다.

〈2011〉

4 거룩한 본능

수필 엿보기

월드컵 4강의 해, 우리의 수필계를 들여다본다. 예외 없이 풍성한 한 해였다. 수數로나 양量으로나 한국문단 버금의 자리를 사양치 않는다.

절치부심切齒腐心(?), 수필가를 양산한 문학사文學社들의 노고에 찬사라도 보낼 일이다.

갈수록 풋풋한 신인들이 우후雨後에 죽순竹筍이다. 바야흐로 수필의 전성시대가 도래한 것인가. 서자庶子 취급을 받던 씁쓸한 기억에 격세지감이 머리를 든다.

"누구나 붓 가는 대로 쓰는 게 수필"이라는 모호함 때문인가, 아니면 '등단'이라는 상품의 시장성 때문인가. 지천으로 깔리는 수필이라는 이름의 글발에 고개를 떨굴 때가 없지 않다.

항간에 "아직도 등단을 못했느냐"는 비아냥이 저변에 흐른다고 들었다. 명색이 문단의 말석에 이름을 올린 한 사람으로, 숨기고 싶은 게 솔직한 심경이다. 이러저러한 모임에 수필가라고 소개를 받을 때마다 얼굴이 뜨거워 어쩌지를 못하는 경우도 더러 있다.

문인 공화국文人 共和國이라도 만들자는 말인가. 문인협회에 등재

된 문사文士들이 일만一萬에 가깝고, 학수鶴首로 기웃대는 지망생들이 문전성시다. 수요에 공급이라, 각종 신인상이 백화百花로 만발하고 그럴싸한 문학상은 벌나비로 어울린다.

"시는 많아도 시인은 없고 시인은 많아도 시는 없다"고 탄식한 임보의 싯귀가 명치끝에 걸린다. '수필도 문학이냐'고 꾸짖는 서릿발 같은 기상이라도 있었으면 좋으련만 이제는 이도 저도 아닌가 보다.

수필은 진정 어떤 글인가. 떠오르는 생각을 붓 가는 대로 끄적거리면 다 수필이 되는 것인가. 상허尙虛 이태준李泰俊은 수필을 일컬어 '심적나상心的裸像'이라고 했다. 생각할수록 그 의미가 범상치 않다.

수필은, 쓰는 이가 주체가 되어 자신을 밝히는 고백적인 글로 작가의 품위와 인격이 은연중에 드러난다. 자신의 진솔한 삶을 유려한 문장으로 표현하여 읽는 이로 하여금 긴 여운을 공감케 하는 격조 높은 문학의 한 장르다. 그러므로 수필인은 관찰력 상상력 해박한 지식, 심오한 사상, 예술적 감각 그리고 멋들어진 해학과 풍자도 있어야 하며, 얼음 같은 냉철한 비평정신과 삶을 진실되게 꿰뚫는 안목도 있어야 함은 물론이다.

수필은, 사람살이를 감동적으로 재해석한 인간학이다. 논리성으로 보면 논리학論理學이요 상상력으로 보면 수사학修辭學이며 심상으로 보면 시학詩學이 된다. 그러기 때문에 수필을 모든 장르 가운데 가장 문학적이라 해도 과언이 아니다.

삶의 얘기라면, 지루하리만큼 길지도 않고 고도로 절제되어 짧지도 않은 수필이 제격이다.

아픔도 고통도 심지어 가리고 싶은 부끄러움도 수필로 표현되면 정답고 살뜰한 문학이 된다. 좋은 수필 읽기를 즐겨 하고 읽히는 단 한 편의 수필을 쓰기 위해 애를 태우나, 영락없이 '응담 없는 곰 잡은 포수 꼴'이 되어 쓴웃음만 삼키고 있다.

수필은, 잔잔하고 고요하여 자신의 나상裸像이 그대로 들어나는 명경지수明鏡止水다.

금아琴兒의 글에는 해맑은 그 모습이 오롯이 드러난다. 소운素雲은 사람과 사람 사이의 슬프도록 아름다운 정감을 통하여 따뜻한 인간미를 보여주고, 윤오영尹五榮은 명징明澄한 그 자취를 남기고 갔다.

지금은 어떤가, 수필계의 체면을 세워주는 이는 단연 법정法頂이 돋보인다. 《무소유》는 여전히 사랑을 받고 있고, 《오두막 편지》《물소리 바람소리》《새들이 떠난 숲은 적막하다》 등으로 초탈한 그 모습이 진부한 속세에 신선한 청량제가 되고 있다.

고추는 작아도 맵다고 했던가. 알찬 〈계간 수필〉이 깐깐한 목소리를 내고 있고, 중후한 〈에세이 문학〉이 제자리를 지키고 있다. 모습을 일신한 〈수필과 비평〉에 기대를 걸고 '수필의 날'을 제창한 현대수필에 박수를 보낸다.

그런데도 왜 이토록 허탈할까. 내 이름으로 쓰여진 졸문은 물론이요 수필이라는 이름으로 쏟아져 나오는 글들이, 불경스럽게도 공해라는 생각이 지워지지 않는다. 수필은 분명 고욤이 아니라 시설柿雪이 배어난 곶감인데도 곶감이 아닌 고욤이 홍수를 이루고 있다.

시 아닌 시가 많은 것도 사실이요 소설 같지 않은 소설이 없는 것도 아니나, 수필 아닌 수필이 단연 으뜸이 아닌가 하여 민망할 정도다. 수학여행 기행문 수준을 넘지 못하는 것에서부터 사건을 나열한 보고문까지 허다하다. 얼핏하면 가르치려 들고, 무슨 논설인 양 주장의 목소리를 높이기도 한다. 이름이 알려진 분일수록 문장이 산만하고 미사여구로 분칠한 미문美文이 줄을 잇는다. 무슨 말을 하려는지 주제가 분명치 않고, '그래서 어쨌다는 말이냐' 묻고 싶은 잡문이 무수하다.

내 손을 떠나면 내 글이 아니라 모든 이의 공유물이다. 자기 얼굴에 책임을 져야 하듯 자기 글에 책임을 진다는 아픈 자각이 있어야 하지 않겠는가.

좋은 수필은, 은은한 여운으로 큰 감동을 준다. 그 감동의 여운은 가슴속 깊숙이 닿아 메마른 영혼까지 흔들어 놓는다. 작가의 중후한 인품과 학식이 느껴지고 사물을 보는 예리한 통찰력에 감탄이 절로 난다.

모든 사물은, 시간적 공간적 의미적으로 보는 눈을 가지고 있다. 홍시 하나를 놓고도 봄에서 가을의 시간을 보고, 파란 하늘에 빨간 홍시의 공간을 볼 줄 안다. 어찌 그뿐이랴. 그리운 어머니를 떠올려 울컥울컥 뜨거운 것을 삼키게 하는 성찰을 끌어 낼 줄 안다.

쓰레기통에 버려진 몽당빗자루에서 자식에게 버림받은 늙고 병든 부모를 생각게 하고, 들판에 버려진 깨진 기왓장 하나에도 동학농민의 짚신소리 징소리 함성소리를 들을 줄 안다.

수필의 주제를 어느 시각으로 잡느냐에 따라 그 글의 생명이 좌우

된다. 철학적으로 보면 철학이요 정적으로 보면 인간학이 된다. 그러므로 의식이 없는 글은 수필이 아니라 잡문일 뿐이다.

문학은, 설명이 아니라 표현이라고 했다. '왕이 죽고 왕비도 죽었다' 하면 단순한 기록이요 설명이다. 그러나 '왕비가 죽었다. 왕이 죽은 슬픔 때문이라고 알게 될 때까지는 아무도 그 원인을 알 수 없었다'고 하면 신비를 간직한 고도의 문학으로 탈바꿈을 한다.

수필은, 표현되는 대상으로서의 나와 표현하는 문필가로서의 내가 글을 구성하는 두 요소가 된다. 표현되는 대상으로서의 내가 그 사람됨이 온전하고, 표현하는 문필가로서의 내가 문장력이 탁월하다면 그야말로 금상첨화가 아니랴.

산이 높아야 골이 깊듯 속이 깊어야 글이 깊고 마음이 맑아야 글이 맑다. 먼저 사람이 되어야 함을 모르는 바 아니나, 반성인伴聖人이라는 수필인의 경지는 이르기 어려운 피안彼岸인지도 모른다.

어이하랴, 햇비둘기 영마루 넘으랴만, 언덕이라도 오르기 위해 날개짓을 멈추지 않을 수밖에…….

오늘도 수필다운 수필을 만나기 위해 서점가를 기웃거린다. 내 눈이 흐린 탓인지, 수필은 많아도 수필은 없고 수필가는 많아도 수필인은 잘 보이지 않아 그저 허탈할 뿐이다.

〈2002〉

있음의 진실

관악산 학바위, 한 마리 학이 되어 무심히 앉아 있다. 때는 단오절, 연초록 비단결에 만개한 철쭉이 말 그대로 금수강산錦繡江山이다. 간밤에 내린 비로 물소리 돌돌돌 발치에 걸리고, 어쩌구저쩌구 새들의 이비구 들을 만하다.

산은 푸르고 돌은 흰데
사이사이 꽃이로다
만일 어느 화공이 이 정경情景을 그리려한다면
저 청아한 새소리는 어찌할 것인가

어느 시인의 시구詩句가 절로 생각난다.

눈을 들어 하늘을 보다가 고개를 숙여 땅을 본다. 청개구리 앉았던 자리에 보일 듯 말 듯 개미들의 몸짓이 부산하다. 햇살은 살아 있고 바람도 살아 있다. 천지에 가득한 생명, 어울려 생동하는 동체대비同體大悲가 경이롭다.

대자연의 섭리, 하느님이래도 좋고 여래如來라 해도 좋다. 바위틈에 핀 한 송이의 꽃, 보호색으로 몸을 숨긴 앙증맞은 벌레에서 큰 사랑의 손길을 본다.

오월의 햇살이 찬란하다. 선악善惡의 구분도 없고 의義와 불의不意를 가리지 않는다. 그로 인해 살든지 죽든지 관계치 않고, 그저 이렇게 내리고 비추고 쪼일 뿐이다. 대주재大主宰의 사랑이 이러하지 않을까.

지우知友의 권고로 《람타》를 읽고, 감동과 희열에 어쩌지를 못했다. 《람타》는 오래전 이 세상에 살다가 저 세상으로 간, 한 사람의 이름이다. 저승에서 본 이승의 삶이 너무 안타까워 가까운 이의 몸을 빌려 주술형식으로 기록한 책이다.

"하느님은 아무 것도 아니면서 동시에 모든 것이다. 물 위에 스치는 바람결이요 철따라 색깔이 변하는 나뭇잎이며 폐허에 피어난 한 송이의 꽃이다. 당신이 그토록 사랑하는 연인이며 깔깔대는 아이들의 웃음소리요, 허벅지의 속살을 드러내고 빨래하는 여인들의 질박한 모습이다.

아침에 떠오르는 눈부신 햇살이요. 밤하늘에 빛나는 별이며 밤사이 뜨고 지는 조각달이다. 숲 속에 노래하는 작은 새요. 아름다운 한 마리의 곤충이며 매우 고약한 벌레다.

하느님은 넘치는 기쁨이요. 쓰리고 아픈 슬픔이며 매 순간 약동하는 생명의 연체요. 존재하는 모든 것들의 연속성이다.

찬란한 햇살이 그러하듯, 하느님은 그저 '있음' 뿐이다. 모든 생명의 본질도 '있음'이요, 진실의 근본도 '있음'이다.

삶의 본질은 무엇인가. 모든 '있음'과 조화롭게 어울려 기쁘고 즐겁게 사는 것이다.

두려운 하느님은, 그렇게 믿고 있는 사람들의 마음속에만 존재하는 가상假想의 신神이다. 높은 권좌에서 내려다보며 착한 사람은 복을 주고 악한 자는 벌을 내리는 그런 하느님은 존재하지 않는다. 선과 악, 옳고 그름을 심판하는 에고적인 분이 아니라는 말이다. 하느님은 악하지 않지만 그렇다고 선하지도 않고 완전하지도 않다. 완전은 지속적으로 변화하는 생명에 제한을 두기 때문이다. 다시 말하거니와 하느님은 그저 '있음' 뿐이다.

당신이 살고 있는 이 세상은 실체기 육체를 빌려 경험으로 표현할 수 있는 유일한 기회임을 알아야 한다. 고통과 후회, 기쁨과 만족도 그 모두가 이해와 경험을 쌓는 과정인 것이다.

희생과 봉사로 덕을 베풀어 걸림이 없이 살던 사람은 저 세상의 '느끼는 사랑의 단계' 즉, 낙원에 이르게 된다. 낙원만 해도 더 이상 바랄 게 없는 장엄한 세계여서 더 나은 곳이 있는지도 모를 정도다.

당신은 진정 눈부신 존재다. 하느님의 지성知性이 사람이라는 유기체有機體를 통하여 개성 있게 나타난 하느님의 일부이기 때문이다. 그러므로 모든 사람은 지성과 감성과 의지로 하느님을 표현하는 거룩한 삶을 살아야 한다.

진실이란 무엇인가. '진실은 없다'가 진실이다. 진실이 없다는 것은 역설적으로 말하면 모든 것이 다 진실이라는 의미다. 모든 '있음'은 다 진실이다. 모든 '있음'은 '생각'으로부터 왔으며 그 생각이 곧 하느님이다.

놀라운 사실은 '하느님은 법이 없다'는 것이다. 법이라는 제한된 한계에 스스로 얽매이는 하느님이 아니라는 뜻이다. 하느님은 제한이 없음으로 무한한 진실과 사랑과 생각까지, 우리의 선택을 자유롭게 허용한다.

지속되는 '있음'과 변화하는 '생명', 이것이 곧 유일한 진실이다. 지고至高의 선善도 생명의 '있음'이요, 지고의 가치도 생명의 '있음'이다. 그 생명의 '있음'이 곧 하느님이요, 그 하느님의 한 부분이 곧 나의 생명이요 의지요 생각이다.

과거에 얽매이지 마라. 과거는 경험해 버린 지금일 뿐이다. 그러므로 과거는 당신의 생각에 의해 이 순간을 창조할 수 있는 지혜를 제공해 주었다. 오직 이 순간 '있음'만이 가장 귀하고 중요한 현실임을 알아야 한다. 가장 중요한 것은 지금 이 순간이다. 당신은 이 순간의 주인이요 이 순간의 산물이다. 당신의 삶은 이 순간의 연속이요. 당신의 내일도 이 순간에 창조된다.

이 순간을 어떻게 살 것인가. 당신을 구속하는 일체의 제도에서 벗어나, 두려움과 죄의식이 없는 대자유를 얻어 모든 생명과 더불어 기쁘고 즐겁게 살아야 한다.

지혜의 눈을 밝히라. 반쪽 기운 달이 하늘을 가로지르는 여정이 끝나고, 고요한 여명의 순간이 다가온다. 포르르 잠을 깬 숲 속의 작은 새들의 지줄대는 소리가 들리고 동녘 하늘에 찬란한 서광이 비추일 것이다.

영롱한 아침이슬에 화사하게 빛나는 아침 햇살, 당신의 새날이 펼쳐진다. 이보다 더한 진실이 어디에 있으랴. 지혜의 눈을 밝히라. 사랑하는 내 형제들이여……."

푸르른 오월, 바람도 살아 있고 바위도 살아 있다. 천지에 가득한 생명 천지에 넘치는 기쁨에, 한 마리 학이 되어 무심히 앉아 있다.

오! '있음'의 진실이여…….

〈2002〉

그냥 산다

"나이 들면 추억에 산다" 했던가. 그래서 그런지 문득문득 뒤돌아보다가 겸연쩍은 웃음을 삼킬 때가 많다.

하늘도 돈짝만 하게 보이던 시절, 겁도 없이 새 역사 창조를 외치고 다녔다. 자유와 평화와 행복과 이상이 넘쳐나는, 공생共生 공영共榮 공의公義로운 새 시대를 말한다.

사지백체四肢百體가 하나의 생명을 위해 일사불란一絲不亂한 합목적合目的의 공동체共同體, 손가락 하나의 영광이 전체의 영광이요 발가락 하나의 아픔이 전체의 고통이 되는 사람 하나 모양의 세계라 했다.

이 얼마나 가슴 벅찬 개벽開闢인가. 서로가 서로를 '식구食口'라 부르던 우리들, 시련과 고통은 축복으로 알고 조소와 박해도 은사로 여기던 순수한 정열이 강물로 흘렀다.

인생의 의의意義와 가치가 잡힐 듯 했고, 신기루 같은 하늘나라가 닿는 듯 했다. 진위眞僞는 차치하고라도, 세인의 이목耳目을 끌던 그 뜨겁던 대열의 일원이었다.

그러던 어느 날의 일이다. 막역한 동역자同役者와 의기가 투합하여 호랑이 굴에 들어가듯 뒷골목을 찾았다. 어둠 속에서 다소곳이 들어서는 젊은 여인, 벌레 먹은 장미가 아니라 청초한 들꽃으로 보였다.

"잠깐 쉬도록 하세요, 이름이나 고향은 묻지 않기로 하겠습니다. 차 한 잔 마시는 여유로 저희 말을 들어 주세요. 길가의 돌멩이 하나에도 나름대로 의미가 있는 법인데, 하물며 사람은 어떠하겠습니까. 내 뜻대로 온 것도 아니요 내 맘대로 가는 것도 아니면서 잠깐 머물다 가는 게 우리 인생인데, 그 의의가 무엇인지 생각해 보셨습니까. 우리는 모두가 피조물被造物에 불과합니다. 내 생명의 주인이 조물주라는 말입니다. 나를 이 땅에 보낸 뜻이 무엇일까요. 그것이 곧 내가 살아야 할 당위성입니다. 인생은 연습이 없는, 단 한 번 주어진 치열한 경기입니다. 그렇다면 오늘을 어떻게 살아야 할까요……."

밑도 끝도 없는 황당한 말을 번갈아 가며 토해 댔다. 힐끔힐끔 벌레 씹은 표정을 짓다가 '좋은 말씀 잘 들었다'며 일어서는 그에게 지폐 몇 장을 던져 주고 회심의 미소를 흘리던 위인爲人, 이 얼마나 가당찮은 짓거리인가.

나는 구원자요 너는 죄인이라는 거드름, 어느 철면피를 이에 비하랴. 모르긴 해도 꿈자리까지 들먹이며 침이나 뱉지 않았나 싶어, 쥐구멍이라도 찾고 싶은 게 솔직한 심경이다.

말이야 맞는지도 모른다. 맞는 말이라고 되는 일인가. 행함이 없는 말은 말장난에 지나지 않음을 그때는 몰랐다. 백문이 불여일견이라면, 백언百言이 불여不如 일행—行이다. 백 마디 말이 한 번 행동만 못하다는 말이다.

인생의 의의意義는 머리에 서리를 이고 있는 지금도 모른다. 살면 살수록 더 모호하고 공허한 게, 삶이 아니던가. 모르는지도 모르면서 앵무새 짓을 서슴지 않았던 철부지, 이따금 뒤돌아보면 그 몰골이 가증스러워 어쩌지를 못한다.

마치 성자인 양 근엄한 몸짓으로 지껄이던 말,

"하느님이 내 생명을 이 땅에 보낸 뜻이 무엇일까요. 그것이 곧 우리 인생의 의의입니다. 하느님은 기쁨을 위해 생명을 창조했습니다. 어떻게 해야 기뻐하실까요, 성서는 이렇게 가르치고 있습니다. '네 모든 것을 다하여 하느님을 공경하고, 네 이웃을 네 몸처럼 사랑하라'고요, 이 말씀대로 살면 우리 생명의 주인이신 하느님이 기뻐하고, 이렇게 사는 것이 곧 인생의 의의요 목적이요 가치입니다……"

한 치 앞도 모르면서 세 치 혀를 놀려 하느님을 들먹이고, 제 몸 하나 건사도 못하면서 이웃사랑을 외쳐댔으니, 수레 앞의 사마귀도 이보다 나으리라.

이웃을 사랑하라, 그것도 내 몸처럼 사랑하라. 말이야 얼마나 쉬운가. 그러나 행하기는 죽기보다 더 어렵다는 것을, 이제야 느끼고 있다.

사랑은커녕 네 불행이 곧 나의 행복이 되는 마귀의 근성을 가슴 깊숙이 숨기고 있는 위선僞善. 하이드와 지킬박사가 어디 따로 있으랴. 내 이제라도 한 걸음 물러서서 입을 꼬옥 다물고 속죄하는 마음으로 살려한다.

"엄마가 좋다./ 왜 좋으냐 물으면/ 그냥 좋다……."

어느 초등학생이 지었다는 시 한 구절, 이 얼마나 천진한 표현인가.

누가 나에게 지난 인연을 들먹이며 인생의 의의를 묻는다면, 빙그레 웃다가 그래도 물으면 조용히 입을 열련다. "그냥 살라"고…….

'그냥 산다.' 이 쉬운 말을 이순耳順에 이르러서야 깨달았다면, 아마 세 살박이 아이도 웃을 일이다. 그러나 어이하랴 살고 보니 결국 그냥 산 것을…….

그냥은, 스스로 그러하다는 자연自然을 일컫는 순수한 우리말이 아닌가 한다. 이런 대로 저런 대로, 있으면 있는 대로 없으면 없는 대

로, 그저 그렇게 그냥 살련다.

때가 안 된 사람은 살기보다 쉬운 게 없고, 때가 된 사람은 죽기보다 쉬운 게 없다지 않는가. 의의고 가치고 생각도 말고 더없이 쉬운 삶, 그냥 그렇게 쉽게 살련다.

이 땅에 머무는 동안 내 이웃에 편함을 준다면 더없이 좋으려니와, 불편을 줘서는 안 된다는 게 지키고 싶은 절실한 바람이다.

사람만 이웃이 아니다. 꽃 한 송이 나무 한 그루 작은 생명 하나도 다 소중한 내 이웃들이다. 골목길 휴지 하나 먼저 줍고, 한 걸음 물러서서 뒤돌아보련다.

산길, 들길, 풀잎 하나 다칠세라 조신操身히 걷다가 이끼 낀 바위에 귀를 열고 영마루 흰 구름에 가슴을 열련다. 편하고 쉬운 다정한 내 이웃들, 말 없는 말이 메마른 가슴에 단비로 젖는다.

살기보다 쉬운 게 없다는 삶, 그저 그렇게 그냥 살련다.

〈2003〉

거룩한 본능

딸아이의 해산 장면이 텔레비전에 방영되었다. KBS 수요 기획 〈아름다운 출산〉이라는 프로이다.

알다가도 모를 일이다. 안전(?)하다는 병원을 마다하고 굳이 집에서 낳겠다고 고집을 부렸다. 말도 안 된다며 만류를 하였으나, 방송까지 될 줄은 짐작도 못했다.

정기검진을 받는 과정에서 가정 분만을 찾고 있던 방송 관계자와 연결이 되었다고 한다. 얼핏하면 수술을 권장하는 인술仁術(?)의 공로로 제왕절개 비율이 세계 제일이라는 말은 익히 들었다. 자랑스러운 일인지 부끄러운 일인지 알 길이 없으나 자연 분만을 환기시키려는 의도에 여러 가지 여건이 부합한 모양이다. 의사 타진을 겸한 준비 촬영도 이미 끝났다는 소식은 뒤늦게 들었다.

진통이 시작되었다는 전화를 받고 제 어미와 저를 받아 준 외할머니가 달려갔고, 조산소 산파와 프로그램 제작진이 긴급 출동을 했다. 이전 같으면 지아비도 얼씬 못하던 은밀한 자리에 외간 남정네들까지 들러리를 세운 꼴이다. 그 가상한 용기에 경탄을 금할 길이 없다.

누구는 하늘이 "낳았느냐"고 세 번이나 물었다 하거니와, 요놈은 그 고고한 일성을 온누리에 울렸다. 신고치고는 제법이라는 생각이 들어 지켜보는 할애비의 입이 헤벌어진다.

각설하고, 민망스러워 어쩌지를 못하다가 뜨거운 것을 몇 번이나 삼켜야 했다. 그도 그럴 것이 제 어미는 다섯 남매를 안방에서 낳았으니 만감이 교차되어 눈시울이 주책을 부릴 만도 하다.

첫 아이를 낳던 날, 그 신비와 두려움은 지금껏 잊혀지지 않는다, 조금만 건드려도 터질 것 같은 배, 금방이라도 숨이 멎을 듯한 몸부림, 나를 낳던 어머니가 떠올라 응어리를 삼키기 얼마이던가.

절체절명의 고비를 넘기기 한나절, 가까스로 열리기 시작한 옥문玉門 사이로 까만 머리털이 보이기 시작한다. 숨조차 쉴 수 없는 긴박한 순간, 뼈와 살이 깎이고 찢기는 비명과 함께 울컥 쏟아놓은 핏덩이, 그 엄숙한 만남을 어찌 잊을 수 있으랴.

앙칼진 울음소리에 히죽이 웃다가, 초롱한 눈망울에 희열이 넘친다, 발가락을 만져 보고 손가락을 세어보다가 탯줄을 달고 있는 배꼽에 이르러 눈을 감는다. 어디서 왔는가, 하늘의 별만큼이나 많은 사람들 중에서 부모와 자식의 인연으로 태어난 생명, "눈에 넣어도 아프지 않을 것 같다"는 말이 명치끝에 걸린다.

사선死線을 넘다가 널브러진 어미가 어느새 곧추앉아 그윽한 눈빛으로 어린 것을 끌어안는다. 시쳇말로 이마에 물도 안 마른 녀석이 정수리에 한 뼘이나 됨직한 혹을 단 채, 포도알 젖꼭지를 암팡지게 빨아 댄다. 이 거룩한 본능을 어찌 그 흔한 사랑이나 모정이라는 말

로 나태날 수 있겠는가. 진한 감동에 취해 비실비실 무릎을 모을 수
밖에…….

달짝지근한 젖 내음, 울어도 예쁘고 오줌을 저려도 귀엽다. 기저귀
에 얼룩진 개나리꽃물, 어미의 얼굴엔 금세 복사꽃이 벙근다.

옹알옹알 웃는 꽃, 엉금엉금 기는 꽃, 아장아장 걷는 꽃 세상에
이보다 더 아름다운 꽃이 어디에 있으랴. 밥상을 뒤엎고 아비의 얼
굴에 생채기를 내어도 웃음꽃을 피우는 행복의 요술쟁이, 기쁨과 즐
거움 행복과 희망이 강물로 흐른다.

첫딸을 살림밑천 삼아 두 번째 입덧은 이르게 하였다. 아이가 문
지방을 넘나들던 초가을, 하동 섬진강 언덕배기 오두막에서 밤새워
진통을 겪었다. 병원은 엄두도 못 내던 시절, 별일 없기만을 바라는
요행심과 애꿎은 장모님의 손길만 믿었다.

그토록 긴 밤, 어디선가 닭 우는 소리가 들리던 새벽녘 한 덩이의
생명을 쏟아 놓았다. 태반이 나오기를 기다리는데 까만 머리털이 다
시 보이는 게 아닌가, 산모가 알면 안 된다며 손으로 입을 막는 아이
의 외할머니, 창졸간에 딸 둘을 받아 안았다.

황당한 일이다. 기가 막히고 얼이 빠져 제정신이 아니다. 무너져
내리는 어미를 추스르다가 바람 빠진 풍선 꼴이 되고 말았다. 천방
지축 갈릴 게 없는 큰놈과 생김새가 비슷한 두 아이를 내려다보는
참담한 심경을 누가 알랴. 내 이제야 털어놓거니와, 차라리 하나이기
를 바라는 심사가 꿈틀대던 못나고 부끄러운 아비였다.

몇 대 장손이 딸에 딸과 딸을 낳고 일가와 친척에 전갈도 못했다.

어차피 내친걸음 한이 쌓이고 오기가 서려 낳은 게 딸이요 또 딸이다. 이 기막힌 인연과 사연이 우리 내외가 걸어 온 나그네길이다.

천신만고 마흔이 넘어 아들 하나 낳아 놓고 속울음을 삼키던 그날이 어언 스무 해가 되었다. 제 조부의 묘비에 누나들 제쳐 놓고 제일 먼저 이름이 오르고, 족보에 내 대를 이어 칸을 메운 그 잘난 아들 말이다.

세월이 꽤나 흘렀나 보다. 그렇게 태어난 둘째가 제 탯줄을 잘라준 팔순의 외할머니 앞에서 두 번째 아이를 낳고 있으니 어찌 그 감회가 남다르지 않으랴.

넓어 보이는 전원주택 거실, 남편과 함께 진통을 겪는 모습이 아름답게 비친다. 순산이다. 숨막히는 정적 속에 달덩이 같은 아들을 안고 자장가를 들려주는 딸아이의 모습이 감동적이다. 모전여전母傳女傳인가. 들풀 같은 강인함에 찬사가 절로 난다.

내 어릴 적에 "다리 밑에서 주워 왔다"는 말을 자주 들었다. 딴은 맞는 말이다. 다리 밑을 거치지 않고 나온 사람이 어디에 있겠는가, 그렇다면 '다리 밑'은 조물주의 거룩한 지성소至聖所라 해도 과언이 아니 듯싶다.

여래如來는 마야 부인의 옆구리로 나왔다는 설화도 있기는 하나, 요즘은 제 어미의 배를 열고 꺼내는 이이들이 많다고 들었다, 시간은 오래 걸리고 수가酬價는 많지 않은 자연 분만을 기피하기 때문이라는 것이다.

진통 없이 낳은 아이, 신생아실로 격리시키고 우유를 빨려 기르는 괴이한 세상이 된 모양이다. 제 부모보다 훨씬 더 덩치가 큰 아이들이 많고, 소아 비만으로 거구가 되어 뒤뚱거리는 청소년들이 적지 않다. 이 모두가 소젖의 공로가 아니겠는가. 올려다볼 정도로 우람한 이이들을 만날 때마다 주눅이 든 까닭을 알 듯도 하다.

지아비와 함께 진통을 겪으며 낳은 이이를 젖꼭지를 물려 기르는 딸아이가 대견스럽다. 자연 출산에 어미의 젖, 여기서부터 사람의 성품이 제자리를 찾는 게 아닐까.

낳고 기르는 것만이라도 편리주의와 물질주의에서 벗어나 옛날 어머니들의 지혜를 배웠으면 하는 마음이, 스러지는 화면 위에 긴 여운으로 남는다.

〈2002〉

개벽開闢

내 어쩌다 개벽開闢의 시대를 사는 행운을 누리고 있다. 백 년도 못 살면서 천 년의 변화를 겪고 있으니, 이 아니 놀라운 일인가.

우리의 역사 반만 년, 연면히 이어 온 농경문화다. 농자農者를 천하의 대본大本으로 알고 자연에 순응하던 질박한 삶, 내 조상들은 더욱 그렇다.

오백여 년 전, 출사出仕한 선대先代들이 중종반정中宗反正에 휘말려 하루아침에 추풍낙엽秋風落葉처럼 스러져 갔다. 중전中殿의 자리에 오른 지 칠일七日만에 강제로 폐위廢位되어 인왕산 치마바위에 피눈물을 적신 단경왕후端敬王后의 일족一族들, 말 그대로 멸문지화滅門之禍다.

마른하늘에 날벼락은 이를 두고 한 말인가. 참화를 피한 일가一家들은 구차한 목숨을 연명하기 위해 산지사방 흩어져 숨죽여 살았다. 육십령六十嶺을 넘어 호남땅 진안골에 웅크린 그중 한 분, 내 십오 대 조祖다.

벼슬길은 언감생심, 백 리 길도 멀리 알고 탯자리에 뼈를 묻으며 엎드려 살았다. 오손도손 집성촌을 이루어 밭 갈아 씨 뿌리던 필부필부匹夫匹婦, 어찌 내 조상들뿐이랴.

신라 천 년의 역사가 태반이 그러하고, 고려도 조선도 민초民草들의 삶이라는 게 다 거기서 거기다.

내 이마에 여드름이 꽃피던 시절, 그때만 해도 초야草野의 농부들이 십十에 칠팔七八을 넘었다. 그로부터 사십여 년, 지금은 어떤가. 천하天下의 대본大本이라는 농민들이 십에 일을 밑돌고 있다. 그나마 그중 절반은 허리 굽은 노인들이라는 게 현실이 아니던가.

그렇다면 대본大本이 무너진 지 이미 오래다. 이를 일러 개벽開闢이라 한다면 억설일까.

모든 게 바뀌었다. 시간도 옛 시간이 아니요 공간도 이전 공간과 다르다. 축지법縮地法을 몰라도 천 리 길을 단숨에 갈 수 있고, 천리안千里眼이 아니라도 만 리 밖을 앉아서 들여다본다. 가노家奴를 수십 명씩 거느리던 이전의 고관대작高官大爵들도 꿈도 못 꾸던 희한한 세상을 내 지금 살고 있다.

내 어머니는 오남일녀의 맏며느리로 열다섯 어린 나이에 시집을 왔다. 푸념삼아 들려주던 시집살이 이바구, 이따금 떠오르는 아련한 향수다.

산처럼 쌓이는 빨랫감, 일일이 뜯어 빨아 다시 꼬매고 다리던 한복의 번거로움이 선연하다. 아궁이의 재를 걸러 잿물을 만들고 방망이로 두들겨 빨았다. 확독에 보리를 갈아 희멀건 죽으로 허기를 달래고 사시사철 허덕지덕 진자리 마를 날이 없었다.

어머니와 아내, 시쳇말로 고부간姑婦間이다. 불과 한 세대인데도 사는 세상은 천양지차天壤之差다. 전기로 밥을 짓고 세탁기가 빨래를 한다. 재봉틀이 녹슬 정도로 바느질은 거리가 멀고, 목화로 실을 뽑아 무명을 짜던 길쌈은 있는지도 모른다.

수천 년을 이어온 땔나무가 가스로 변했고 아주까리기름에 심지를 돋우던 등잔은 휘황한 전깃불이 불야성이다.

어머니와 며느리가 이렇게 서로 다른 삶을 산다는 게 믿기지 않는다. 놀라운 일이다. 기막힌 일이다. 조선의 사신使臣들이 대국의 황제를 알현하려면 족히 반 년은 걸려야 했다. 하물며 저 서안西安의 아방궁이나 천하의 갑甲이라는 계림桂林의 산수山水는 말로만 듣던 동경의 세계다.

그러나 지금은 중국은 물론이요 세상 구석구석 소문난 관광지는 어디를 가나 우리 이웃들이 물결을 이룬다.

개벽이다. 오천 년을 이어온 농경문화가 불과 오십 년 만에 기계문명으로 뒤바뀌고 말았다. 천 년이 십 년이요 백 년이 일 년인 셈이니 분명 귀신도 놀랄 일이다.

정승 판서가 부럽지 않은 호강을 누리며 산다. 천리마千里馬는 비교도 안 되는 승용차를 몰아 명산을 돌고, 나라님도 맛볼 수 없던 먼 나라 과일도 지천으로 먹는다.

북으로 알래스카 맑은 물에 낚시대도 드리웠고, 남으로는 뉴질랜드 밀퍼드사운드의 비경祕境에 실어증도 앓았다. 동으로는 태평양 건너 나이아가라 폭포의 위용에 넋을 잃었고, 서로는 알프스의 만년설도 밟아 보았다.

배부른 짓거리라 탓할지 모르나 마음이 부자일 뿐 몸은 늘 고프게 살았고 지금도 그렇다. 스무 평도 안 되는 공간에서 아들딸 육남매와 지지고 볶으며 이제껏 살고 있다.

올곧게 자라 제 몫을 하는 자식들이 대견하고 작은 것에도 웃을 줄 아는 수더분한 아내가 고마울 따름이다.

더러는 망할놈의 세상이라고 저주도 하고 어떤 이는 스스로 제 목숨을 끊기도 하나 이 놀라운 개벽을 누가 부정하랴.

헤르만 헤세의 시 한 편을 조용히 읊는다.

사람에게 주어진 의무는
진정 아무것도 없다네.
다만 행복하라는 한 가지 의무뿐
사람은 행복을 위해 이 세상에 왔다네.

하루가 일 년 같은 개벽의 시대, 얼마나 더 머물지 모르나 내 어머니 몫까지 질펀하게 살아야 하지 않겠는가. 행복은 받는 것이 아니라 제 스스로 만드는 것을······.

〈2004〉

주례 이야기

"신랑 신부, 성혼을 축하합니다. 일생에 가장 좋은 때를 맞이하셨습니다. 이제부터 두 분은 하루를 일 년같이 사세요, 일 년을 하루같이 사세요. 두 분의 삶이 양가의 부모님에게 기쁨과 보람이 되도록 알콩달콩 흐드러지게 사세요.

사돈의 인연을 맺으신 양가의 부모님에게도 축하드립니다. 부디 좋은 인연되시기 바랍니다. 주례인 저를 비롯하여 만장하신 내외 귀빈 여러분께서도, 인륜지대사인 성혼을 서약하는 엄숙한 자리에 증인이 되셨습니다. 변함없는 애정과 사랑으로 관심을 바랍니다.

우문인 줄 압니다만, 신랑 신부 서로 사랑하시지요? 그 사랑이 무엇일까요. 좋아하는 것만이 사랑일까요, 그 대답이 결코 간단치 않습니다. 이제 이 두 분께 사랑의 본질 몇 가지를 말씀드리려 합니다.

사랑은 첫째, 존중입니다. 서로 존중하세요. 지금은 남존여비나 여필종부女必從夫같은 그런 시대가 아닙니다. 결혼은 똑같은 인격과 인권을 가지고 부부로 만나 험한 세파를 함께 노저어 가는 동반자요 반려자伴侶者입니다. 내가 귀한 만큼 너도 귀합니다. 아내에게 존중받지 못한다면 어디에서 존중받겠습니까. 아내도 마찬가지입니다.

서로 존중하세요.

　사랑은 둘째, 책임입니다. 신랑이 신부를 사랑한다 함은 신부의 모든 것을 책임진다는 말입니다. 신부의 건강한 삶을, 신부의 참된 행복을, 신부의 보람된 일생을, 책임진다는 의미가 사랑이라는 말 속에 담겨 있음을 명심하시기 바랍니다. 신부 역시 마찬가지입니다. 생각해 보세요, 책임 없는 남편, 책임 없는 아내, 책임 없는 부모, 이 얼마나 끔찍하고 불행한 일입니까.

　이제 두 분은 내년 오늘이 되면 결혼 일주년을 기념할 것입니다. 결혼 일주년을 종이 지紙자, 지혼이라고 합니다. 왜 지혼일까요, 종이는 가볍습니다. 상하기 쉽습니다. 백지장도 맞들면 낫다는 격언치럼, 한 장의 종이를 맞들 듯 조심스럽게 산 일 년이라는 뜻이 아닌가 합니다. 지혼으로 경건하게 기념하세요.

　결혼 2주년을, 글초고 고稿자 고혼이라고 합니다. 저도 명색이 글 쓰는 사람입니다만, 원고지에 처음 끄적거려 놓은 것은 글이 아닙니다. 수없이 고치고 또 고치는 퇴고推敲를 거쳐야 한 편의 글이 됩니다. 결혼도 마찬가지 아닐까요, 한 편의 시를 다듬어 가듯 시행착오를 겪으면서 산 기간이라는 의미인 줄 압니다.

　결혼 3주년을, 과자 과菓자 과혼이라고 합니다. 달콤하고 고소하지만 부스러지기 쉽다는 말이 아닐까요, 결혼 5주년을, 나무 목木자 목혼이라고 합니다. 비로소 5년이 되어야, 두 분의 사랑이 한 그루의 나무 형태를 이룰 수 있다는 말입니다. 결혼 7주년을, 꽃 화花자 화혼이라고 합니다. 꽃 피네 꽃이 피네 사랑의 꽃이 피네 웃음의 꽃이 피네, 옹알옹알 웃는 꽃 엉금엉금 기는 꽃 울어도 예쁜 꽃 행복의 꽃이 활짝 핀, 화혼으로 기념하세요.

결혼 25주년을 은혼, 50주년을 금혼, 60주년을 금강혼金剛婚이라고 합니다. 한 장의 종이로 출발하여, 은, 금, 금강에 이르기까지 긴 여정을 이제 출발하셨습니다.

하루를 일 년같이 사세요, 일 년을 하루같이 사세요, 두 분의 삶이 부모님들에게 기쁨과 보람이 되도록 신나게 사세요, 멋지게 사세요, 환하게 사세요, 거듭 성혼을 축하합니다.”

P형, 요즈음 내 주례사를 요약한 것이라오. 내 어쩌다 어느 이벤트회사의 전속 주례 노릇을 하게 되었소. 묘한 세태에 씁쓸한 기분이 없지는 않으나 좋은 일이다 싶어 응하고 있소이다. 부담을 싫어하는 일회용품 심리와 늙은이 일자리 창출이라는 명분이 빚어낸 신종 아르바이트라고나 할까요. 하기사 예식장마다 직업주례도 있다는 말에 조금은 위안이 되기도 한다오.

생면부지의 주인공들, 당사자들은 어쩔지 모르나 목욕재계하고 나설 때마다 찌릿한 흥분을 느끼곤 합니다.

P형, 어찌된 일인지 검은머리 파뿌리 맹세가 불과 몇 년 안에 세 쌍 중 한 쌍이 이혼을 한다는 말은 익히 들었을 줄 압니다. 그러다보니 재혼 주례도 이따금 경험을 합니다. 전실 소생들이 초롱한 눈망울로 지켜보는 성혼 서약, 착찹한 심경 금할 길이 없답니다.

"비온 뒤에 땅이 굳어진다 하였습니다. 부디 굳은 땅 되세요, 태풍을 겪은 나무는 그 뿌리가 깊어지는 법입니다. 뿌리 깊은 나무 되세요, 어제를 거울삼아 보란 듯이 사세요, 요사이 유행하는 노랫말처럼, 사랑은 장난이 아닙니다. 진실입니다. 연습이 없는 치열한 경기입니다".

이런 날은 감정을 억제하느라 애를 먹기 일쑤입니다. 전통을 고수하는 집안의 맏며느리라면, 이런 고사도 곁들입니다.

"옛날 어느 대가집에 삼대독자 며느리를 맞이했습니다. 초야를 지나고 첫 문안을 드리는 자리에서 시아버지의 지엄한 분부가 있었습니다. '아가야, 저 우물가의 독에 물을 가득 채우도록 하여라. 그런데 이게 웬일입니까. 두레박은 튼튼한데 밑 빠진 독이었습니다. 물이 고일 이가 없지요. 다음 날에도 똑같은 말씀이었습니다. 그러나 어제와는 사정이 달랐습니다. 독은 튼튼한데 두레박이 너덜거리는 헌 것이었습니다. 티끌모아 태산이라는 말이 있듯, 얼마 안 가서 물이 가득 고였습니다. 남편은 두레박이요 아내는 독이니라. 부디 튼튼한 독이 되어다오'라는 시아버지의 말씀을 일평생 가슴에 새겼습니다."

고개를 끄덕이던 어른들의 고맙다는 인사에 돌아서는 발걸음이 훨씬 가볍습니다.

오는 토요일은, 국제결혼 주례를 맡게 됩니다. 세계일촌이요 인류

일가 시대에, 앞서가는 분들임을 강조하려 합니다.

P형, 넋두리가 길어졌소이다. 요사이 회자되는 말로 '내 한 턱 쏘리다'.

대안, 대안하소서…….

〈2003〉

청학青鶴은 어디 가고

　성인聖人도 여세출興世出이라 했던가, 상투를 튼 엿장수를 보고 떠올린 문구文句다. 성인도 세상을 따라 산다는 말인지 그 의미가 쉽지는 않으나, 착잡한 마음 금할 길이 없다.

　두류산頭流山 청학동靑鶴洞 풍경이다. "세상은 나를 보고 웃고 나는 세상을 보고 웃는다"는 도인道人들인데, 누가 누구를 보고 웃어야 할지 아리송하다.

　언제부턴가 별난 사람들이 그 잘난 문명文明을 거부하고 전통을 고수하며 모여 살았다. 이따금 모습을 드러내는 은자隱者들, 상투에 긴 수염이 이채로워 인구人口에 회자膾炙되는 무릉도원인 듯 싶었다.

　보리누름이 남녘에 출렁이던 망종芒種, 개천민족회 일원으로 삼성궁三聖宮 참배길에 올랐다. 고운孤雲선생이 청학을 타고 노니는 것을 본 이도 있다는 풍문에, 잔잔한 설렘이 없지도 않았다.

　뱀사골을 끼고 노고단을 넘어 칠불사까지 곁눈질하다가 날이 저문 후에야 여장을 풀었다. 하동의 오지인 청암 묵계에서도 구절양장九折羊腸 끝 간 데를 모른다. 예전 같으면 이 고을 사람들도 고개를 흔들던 멀고 험한 길이다.

베개 밑을 파고드는 물소리, 준령을 넘나드는 바람 소리, 빨치산의 원혼인지 어둠을 지새우는 밤새 소리, 비몽사몽 여명이 밝는다.

천하의 명처名處라는 청학동, 문외한의 눈으로도 아늑하고 포근하다. "바람을 막고 물을 얻는다"는 장풍득수藏風得水란 이를 두고 한 말인가. 백두대간의 준봉들이 섬진을 향해 병풍을 둘러 속계를 차단한 별유세계다.

그런데 이 어인 일인가. 시멘트로 포장된 도인촌 고샅길에, 문명의 상징인 전봇대와 안테나가 즐비하다. 문전마다 조잡해 보이는 토산품들이 널려 있고 마당 한구석에는 일그러진 승용차도 눈에 걸린다.

일체의 물질문명을 멀리하던 그 고집은 어디로 가고, 그렇고 그런 이웃동네가 되었단 말인가. 오솔길이 신작로가 되고 전기불이 어둠을 밝히면서부터 청학이 깃들 곳은 이미 아니다. 그도 그럴 것이 주말이면 천여 명의 구경꾼들이 문전성시를 이룬다니, 청학은커녕 산새도 머물기 어렵게 되었다.

허탈하다. 믿었던 연인에게 배신당한 느낌이다. 삼신산三神山이 이럴진대, 신선이 머물 곳은 정녕 어디란 말인가.

징을 세 번 울리고 한참을 기다려야 고구려 복장을 한 안내인이 문을 여는 삼성궁. 제일 먼저 눈에 띄이는 풍경이 역시 토산품 가게다. 소도蘇塗를 자처하는 청학의 긍지를 이곳만이라도 지킬 수는 없었을까. 삼성궁 주인인 '한풀' 선사의 산발한 머리칼이, 빛바래 보인다.

증산, 동학, 선도인들이 의기가 투합하여 도道를 찾아 뼈를 묻던 곳, 그들이 찾던 그 도란 도대체 무엇이란 말인가.

오토바이를 탄 도인이 아스팔트 비탈길을 잘도 오른다. 몽양서당의 훈장쯤 되나 보다. 엿장수 도인은 연신 웃음을 흘리며 길손을 부른다. 상도商道도 도道라면 할 말이 없다.

문득 〈달마가 동쪽으로 간 까닭은〉이라는 영화의 한 장면이 주마등처럼 펼쳐진다. 눈빛이 해맑은 산사의 노스님, 열반이 목전에 이르렀는데도 부질없는 환영에 좌불안석이다. 이 무슨 망령이란 말인가. 한 송이 연꽃같은 비구니 묘연의 화안열색이 그림자처럼 달라붙는다. 방하착放下着, 방하착, 연신 도리질만 하다가 동승에 일러 묘연을 부른다. 봉창이 붉으레 물드는 산방에 침묵을 깨는 카랑한 목소리…….

"묘연아, 너 내 말 듣겠느냐", "예 큰 스님", "그 장삼 좀 벗어 보아라."

다시 고요가 흐르고 여인의 옷 벗는 소리가 스미는 듯 싶더니 외마디 절규를 토해내고 가부좌를 한 채 열반에 든다.

"무無……불佛……."

이 무슨 말인가. 이제껏 풀리지 않는 화두가 귓전에 맴을 돈다. 부처는 허상이란 말인가, 아니면 한평생 찾던 '부처'가 바로 너란 말인가. 모호하기 이를 데 없다.

무불, 무도無道, 부정의 부정은 긍정이라 무는 곧 유가 되기도 하련만 어느 게 부처고 어느 게 도인지 알다가도 모를 일이다.

일찍이 노자老子는, 사람의 법은 땅에 있고人法地, 땅에 법은 하늘에 있으며地法天, 하늘의 법은 도에 있고天法道, 도의 법은 자연에 있다道法自然에 있다고 했다. 그렇다면 부자연스러운 도가 어디에 있으랴.

바람이 분다. 물이 흐른다. 숲은 숲대로 바위는 바위대로 곧은 건 곧은 대로 굽은 건 굽은 대로 심지어 뿌리를 드러낸 거목까지도 자연스럽지 않은 게 하나도 없다.

자연의 세계요, 도의 이치다. 도라는 것이 멀리 있는 것도 아니요 결코 어려운 것도 아니련만, 한 마음 얻기가 이토록 어렵다는 말인가.

청학의 빈 둥지, 세상을 보고 웃는다는 그도 이미 세상임을 아는지 모르는지 모를 일이다.

부자연스러운 게 한둘이 아니다. 자연을 물어뜯는 포크레인의 굉음이 끊이지 않고, 넘치는 쓰레기 목불인견이다.

돌아서는 발걸음이 가볍지 않다. 멀어지는 청학골을 뒤돌아보며 푸념삼아 시 한 수 읊는다.

청산도 자연자연, 녹수綠水도 자연자연
산자연 수자연 하니, 산수간에 나도자연
자연히 자연이 되어 자연자연 살고지고

〈2003〉

"손톱 밑에 가시는 알아도 염통에 골음 든 것은 모른다." 했다. 백 번 맞는 말이다. 눈에 보이지 않으면 뱃속에 암세포가 자리를 잡아도 알 길이 없다.

신경이 없어 자각증상을 모른다는 침묵의 장기臟器 간肝과 신장腎臟, 이름하여 '간신'이다. 이상이 느껴지면 이미 손을 쓸 수 없을 정도로 망가진 경우가 허다하다고 들었다.

간이 굳어 시한부 생명을 사는 이가 적지 않고, 신장이 제구실을 못하여 기계로 피를 거르는 혈액투석 환자도 부지기수다. 내 간신肝腎이 이상이 없는지 여기저기 더듬어 보아도 갑갑증만 더할 뿐 별 방도가 없다.

내 이제껏 오장육부五臟六腑가 있는지 없는지 관심도 없이 살았다. 그만큼 건강했다는 반증이 아니겠는가.

보험공단에서 건강검진을 받으라는 통보가 왔다. 아침을 굶고 한나절이 가깝도록 의사의 지시대로 끌려다녔다. 대변에 소변 혈액은 물론이요, 가슴과 위장에 수없이 사진도 찍었다.

며칠 후 배달된 검진결과 통지서. 고혈압에 콜레스테롤 수치가 높다는 소견이다. 쇠로 만든 기계도 십 년이면 여기저기 녹이 슬기 마련인데 강산이 변한다는 십 년 세월이 여섯 번이나 지났으니 어딘들 온전하랴. 당장 재검진을 받으라는 말이 없는 것만으로도 그저 고마울 따름이다.

사십대 후반의 생질甥姪 하나가 간肝이 경화硬化되어 입원을 했다는 전갈이 왔다. 6남2녀의 셋째로 태어나 학교라고는 초등학교 졸업이 전부인 그다. 어린 나이에 공원工員이 되어 기술을 익혔다. 같은 일터에서 순박한 여인을 만나 가정을 꾸리고 알토란같은 아들을 셋이나 두었다. 후백제의 고도古都 비사벌 오목대 밑에 집을 짓고, 팔순의 노부모를 모시고 살아 주위로부터 딕딤도 많이 들었다.

비형 간염 진단을 받은 지 이십여 년, 그동안 별 어려움을 느끼지 못했다고 한다. 한두 차례 황달 증세가 있었으나 약 몇 봉지 먹으면 거뜬히 나았다는 게다. 그러던 어느 날, 정맥이 파혈되어 각혈咯血을 하면서 사태의 심각성을 알고 정밀검사를 받기에 이르렀다.

이식移植 외에는 방법이 없다는 의사의 진단. 온 세상이 하얗게 보였음은 불문가지다.

온 가족이 모였다. 삼십대 중반의 막내가 제 간을 제공하겠다고 나섰고, 형제들은 비용을 마련하기로 의견을 모았다.

서울 S병원, 형제가 나란히 누웠으나 아뿔싸, 이 어인 일인가. 기증자의 혈관이 꼬여 불가하다는 판단이다. 혈액형이 같은 그 아내는 위치가 맞지 않고, 이순耳順이 가까운 누나까지 나섰으나 이번엔 간의 크기가 작아 필요한 만큼 절개할 수가 없다는 것이다.

가족들은 어쩔 수 없다며 고개를 떨구는 상황에서 본인은 중국으로 가겠다는 의지를 굳힌다.

중국이 어떤 곳인가. 의료시설이나 기술이 우리에 비해 뒤떨어진다는 것은 짐작이 가고도 남는다. 더욱이 장기매매의 브로커들이 날뛰는 세상인데, 참으로 어려운 결단이 아닐 수 없다. 이럴 수도 없고 저럴 수도 없는 말 그대로 진퇴양난이다.

제 몸 하나 가누기도 힘들어 하는 지아비를 부축하여 북경행 비행기에 오르는 들풀 같은 생질부甥姪婦, 그 용기와 집념에 할 말을 잃는다.

일각一刻이 여삼추如三秋라, 피를 말리는 시간이 얼마나 흘렀을까. 소식을 기다리는 부모의 심정은 짐작이 가고도 남는다. 가기로 들면 그리 먼 곳도 아니련만, 그렇다고 쉽게 갈 수도 없어 정한수 앞에 무릎을 꿇는 누나의 주름진 얼굴이 아른거린다.

숯검댕이 같던 얼굴이 붉으레한 모습으로 돌아왔다. 참으로 놀라운 일이다. 현대 의학이 장기臟器 하나를 갈아 끼운 셈이다. 그동안 겪은 고통은 차치하고라도 서민의 억장이 무너진다는 억대의 비용이 들었으리라.

그렇다면 내 심장, 위장, 대장, 소장, 눈, 코, 귀……. 돈으로 계산이 안 되는 하늘 아래 제일 귀한 보물이 아닌가.

너무 귀해서 도리어 하찮게 여기는 것일까. 장난처럼 그룹을 지어 생명을 버리는 젊은이들이 끊이지 않는다. 이 무슨 해괴한 일인가.

사람의 목숨, 어찌 보면 한없이 귀하고 어찌 보면 별것도 아니다. 바르게 산다면 모르려니와 잘못 살면 축생畜生에 비해 무엇이 다르랴.

선현先賢들은 사람을 축인畜人, 범인,凡人, 재인才人, 학인學人, 철인哲人, 인인仁人, 달인達人, 도인道人, 진인眞人으로 구분했다. 그렇다면 나는 어느 부류에 속할까. 책을 들고 다니는 습관이 있고 틈틈이 끄적거리는 명색이 문인文人이니, 학인의 문턱에 머물지나 않을까 자위를 한다.

죽음의 경지에서 살아온 조카를 보면서 내 남은 목숨을 가늠해 본다. 돈으로 계산이 안 되는 값진 생명, 귀하지는 못할 망정 천해서야 되겠는가.

하나 어제가 오늘이요 내일 또한 오늘과 다름이 없을 내 삶, 누가 나에게 축인畜人이라고 꾸중을 해도 유구무언有口無言, 할 말이 없다.

〈2005〉

효자상장孝子賞狀이 사람을 살린 이야기

효孝를 생각나게 하는 흐뭇한 일화. 막역으로부터 이 얘기를 전해 듣고 내 일인 양 들떠서 어쩌지를 못했다.

세상에 이런 일도 있다는 말인가. 시골 향교의 효자상장이 사람을 살리고 한 가정을 구했다. 누구에게나 전하고 싶은 그 감동의 전말은 이러하다.

전라남도 무안골 어느 농촌에 박씨 성을 가진 어린 형제, 어려서 엄마를 여의고 할머니 등에 업혀 자랐다. 가세가 빈궁하여 품팔이로 전전하는 아빠, 노모老母 앞에서는 언제나 천진한 아이가 되었다.

가난한 행복이란 이를 두고 한 말인가. 무에 그리 좋은지, 울을 넘는 웃음소리는 이웃까지 즐겁게 했다. 손자 둘에 어린(?) 아들 하나, 노인의 합죽한 입은 늘 헤벌어진다.

상가승무노인곡喪歌僧舞老人哭이라는 효자도孝子圖가 있다. 노래하는 상주喪主, 춤을 추는 스님, 우는 노인이라는 괴이한 그림이다.

어머니의 삼년상三年喪을 입은 지명知命의 아들이 아버지의 칠순七旬을 맞았다. 끼니를 거르는 형편에 잔칫상은 언감생심, 마지못해 아내가 머리카락을 잘라 마련한 돈으로 조촐한 생신상을 차리게 되었다.

술 한 잔 올리고 아들이 부르는 노래에 스님처럼 머리 깎은 며느리는 춤을 추는데, 노인은 감격하여 눈물을 흘린다는 옛날 얘기다.

무안 골의 오막살이 손자들의 노래에 아들은 춤을 추고 노인은 히죽히죽 자지러지니, 현대판 효자도가 이 아니랴.

이러구러 세월이 흘러 할머니가 먼 길을 떠나자, 웃음을 잃어버린 아비마저 그 뒤를 따랐다. 설상雪上에 가상加霜이요, 엎친 데 덮친 격이다. 천애天涯의 고아가 된 두 형제는 살 길을 찾아 서울로 향했다.

꼬방동네에 셋방을 얻어 힘든 일 마다 않고 억척으로 살았다. 일찍 절이 든 어린 가장, 동생을 중학에 진학시킨 책임감에 어느 누가 칭찬을 아끼랴.

주일이면 교회에 나가 외로움을 달래다가, 어린이를 가르치는 교회학교 교사가 되었다. 모르는 것은 모른다 하는 겸손, 빗자루 먼저 드는 성실, 언제나 웃음을 잃지 않는 준수한 용모에 신망을 얻었다.

사람의 인연이란 참으로 묘한 것이어서 어느 여대생이 마음의 문을 열었다. 딸아이의 남자에 무관심한 부모가 어디에 있으랴. 이리저리 점검한 그 부모의 끈질긴 만류로 두 연인의 사이는 점점 멀어져 갔다.

삶에 의욕을 상실한 채 멍하니 먼 산만 바라보다가 뜬 눈으로 지새기 일쑤였다.

상사병相思病이다. 끝내 미음도 넘기지 못하고 휑한 눈망울로 천정만 응시하는 신세가 되었다.

처절한 몰골을 안타까이 지켜보던 교역자敎役者의 간청이, 그 부녀의 마음을 움직이게 하였다. 딸아이와 함께 곰팡이 꽃이 핀 지하방을 찾았다. 애잔한 눈빛으로 무언의 언어를 나누는 남녀의 시선을 피하여 너덜거리는 벽지에 눈길을 돌렸다. 벽에 걸린 빛바랜 효자상장, 가슴에 화살 하나가 박히는 순간이었다.

"여보게, 저 상장의 주인이 누구신가."

"예, 저의 선친입니다."

"아뿔싸, 효자의 자식을 죽일 뻔 했구나……."

즉시 병원으로 옮기고 딸아이에게 간호를 부탁했다. 며칠 후 인사차 찾아온 그에게 부드러운 말 한 마디는, 어둠을 밝히는 서광瑞光이었다.

"자네 나하고 약속을 하게. 즉시 학원에 등록을 하게나. 고등학교 검정고시를 거쳐 대학에 합격을 하면 내 결혼을 허락하겠네".

그 뒷이야기는 차라리 여백餘白으로 두는 것이 더 좋으리라.

나는 막둥이 외아들이다. 누나들은 출가한 외인이 되고, 초등학교 2학년 되던 해 아버지가 저 언덕을 넘었다.

엄마와 둘이 살던 어린 시절, 철없던 모습이 선연하다. 쌀 한 줌 고이 넣어 고스란히 퍼주고, 꽁보리밥 한 술로 허기를 달래도, 당연히 그런 줄 알았다. 잔칫집에 허드렛일 해주고 이것저것 꾸려 와도 아무렇지도 않게 잘도 먹었다. 배부르다, 속이 안 좋다……, 자식이 먹는 것을 지켜보며 찬물만 마셔도 엄마니까 그래도 되는 줄 알았다.

아무리 뭘 모른다 해도, 이 부끄러운 불효를 어찌 씻으랴. 문득문득 떠오르던 그리운 얼굴, 이제는 꿈속에서도 보이지 않는다. 세월의 강폭은 이리도 무상한 것인가.

한 해에 두어 번 분향焚香을 하고 강신降神을 해도, 가슴에 닿는 건 아무 것도 없다. 근이청작謹以淸酌, 삼가 맑은 술과 서수지천庶羞祗薦, 여러 가지 반찬을 공손히 드린다 하나 살았을 제 물 한 잔에 비할 바가 아니다.

까마귀도 은혜를 갚는다는 반포지효反哺之孝, 뒤늦은 후회에 몸 둘 바를 모른다.

〈2006〉

허튼소리

환갑진갑 다 지난 초등학교 동무들이 해마다 만나 여행을 한다. 걸음걸음 저무는 몰골들. 새록새록 울어나는 옛 정이 곰삭은 젓갈 맛이다. 어쩌다 하릴없는 할배와 망구가 되어, 달짝지근한 옛 꿈을 새김질하느라 잡은 손을 놓을 줄 모른다.

건곤乾坤이 상합相合하여 십팔에 십팔이라, 궁합에 동티가 없으니 이 아니 좋은가. 제비뽑기로 짝을 정한 후 '조심조심 가지고 놀다가 흠집 없이 제자리에 돌려놓자'는 제안에 포복절도 자지러진다.

때는 초가을, 코스모스 흐드러진 남도 천 리 길을 바람에 범 가듯이 잘도 간다. 예전 같으면 으레 관광버스 춤사위가 질펀하련만, 이제는 언감생심 어림도 없다. 기껏해야 흘러간 노래나 흥얼거리며 무료한 시간을 달래기 예사다.

이러구러 내 차례가 되어 푼수 좀 떨겠다고 작심을 한다.

'자, 날이면 날마다 오는 약이 아니야, 애들은 가라 애들은 가. 오늘 이 자리에 오신 분들 어젯밤 꿈자리가 좋았을 게야. 저기 고개 숙인 할배, 얼굴색이 누렇구먼. 이거 한 알만 먹어봐, 이름 그대로 '일

라그라’야, 천관도사가 십여 년을 수도하여 찾은 회춘제야, 서양에서 건너온 비아그라, 그거 비교도 안 돼, 옹달샘에 가뭄이 든 할멈도 속는 셈 치고 반 알만 잡숴 봐, 그냥 ‘쪼이그라’야, 너무 귀한 거라 딱 세 알 가지고 왔어, 생각 있으면 내 옆구리 살짝 찔러, 나에게 책임은 묻지 말고.’

보아하니, 쭈그렁바가지에 늙은 호박이라, 제법 괜찮은 그림이야, 바가지는 적당이 우그러져야 멋이 있고 호박은 늙을수록 맛이 있다지 않아, 겁도 없이 세월을 먹어 이 모양이지, 풋풋한 호두알 같은 단발머리 소녀 시절도 있었지 않남.

어자 십대, 그기 딱 설익은 호두야, 이걸 맛보겠다고 껍질을 벗기려 들면 여기저기 물들기 십상이야, 어찌어찌 껍질을 벗겼다 해도 무슨 여물이 들었어야지, 영계 찾다가 패가망신한 친구들, 설익은 호두에 침 흘린 댓가야, 조심들 하라구.

여자 이십대, 막 벌기 시작한 밤송이지, 가시를 세워 찌르기도 하지만, 손만 대면 저절로 벌어져, 그 속에 매출한 밤알, 가히 환상적이지, 보기에도 좋고 맛도 그만이야, 이왕 밤 얘기가 나왔으니, 내 문자 하나 쓰리다. 진서眞書깨나 읽었다는 어느 글방 도령이 장가를 갔어, 으스름 초야에 두근두근 더듬다가 한 마디 뱉기를 “모다공활毛多空活하니 필유과인必有過人”이라 했어, 무슨 말이냐구, 그걸 꼭 말을 해야 알겠어, 일찍이 예수님 말씀에 ‘귀 있는 자는 들을 지어다’ 했거든, 눈치 빠른 사람은 벌써 감 잡았을 게야.

각설 하고, 알아듣지 못할 줄 알았는데, 황초에 붉으레한 새색시가 수줍은 몸짓으로 입을 연 게야, "후원황율後園黃栗은 불봉탁不蜂啄이요 계변양류溪邊楊柳는 불우장不雨長"입니다 한 게야. 허 신랑의 두 눈이 휘둥그러진 게지, 무슨 뜻이냐구, 내 일러 주리다, 뒷동산에 누런 밤송이는 벌이 아니라도 스스로 벌어지고, 냇가에 버드나무는 비가 안 와도 잘 자란다는 말이야, 아마 다 경험을 했을 게야.

어차피 내친 갈음 하나만 더 하리다. 경상도 안동골에 뼈대 있는 양반집 자제가 어쩌다 중인의 규수를 아내로 맞게 되었어, 통정대부 무슨 공파 몇 대 손임을 긍지 높게 여기던 터라, 천자문도 모르는 무지렁이로 알고 교만을 부린 게야, 눈을 내리깔고 한 구절 읊기를 "청포대하靑袍帶下에 자신노紫腎怒"요 했겠다. 네까짓 게 이 어려운 말을 어찌 알겠느냐 싶었는데, "홍상고중紅裳袴中에 백합소白合笑"니이다, 하면서 배시시 웃는 게야.

허, 탄식이 절로 나올 수밖에, 무슨 말인지 알아듣겠어? 푸른 도포 아래 붉으레한 거시기가 성을 내고 있다는 말에, 붉은 치마 고쟁이 속에서 백합이 웃고 있다는 대답이야, 이쯤 되면 참으로 멋진 풍월이지, 모르긴 해도 그날 밤 달님이 이울도록 운우雲雨의 정이 기가 막혔을 거라구.

자, 이제는 여자 삼십대야, 좋은 시절이었지, 달고 시원한 물이 꽉 밴 나주 배야, 한 입 베어물면 새콤달콤한 과즙이 흘러넘치지, 삼등 열차가 추풍령을 넘으면 사내들의 음심에 불을 지피던 때도 있었지, "내 배 사이소, 내 배 사이소, 실근실근 달고 시원한 내 배 사이소." 물론 어느 희떠운 사람이 지어낸 말이겠지만 말이야.

이제는 불혹이라는 사십대를 짚어보자구. 응 거 있지, 석류야 석류, 때가 되면 저절로 속살을 드러내는 석류 영락없지, 보기에는 그럴싸한데 그 맛은 시금털털이야. 전철을 타보라구, 젊은 애들은 다 무릎을 단정히 모으는데, 군살이 펑퍼짐한 아즈매들은 십중팔구 헤벌어져, 속옷 좀 보이는 것 대수롭지 않게 여기는 여걸들이야, 걸릴 것 하나 없는 당당한 자세 그 목소리는 왜 그리 높아, 사내들이 주눅이 들어 눈길을 돌릴 정도지.

여자 오십대, 누렇게 익어가는 호박일 게야, 그 품새가 얼마나 덕스러워, 보암직하고 먹음직스러운 늙은 호박, 모든 여인들의 종착역이 아닌가 싶어.

허, 낭패로구먼. 사내들은 뭐냐구, 사내 십대 보나마나 풋고추지, 비릿할 뿐 무슨 맛이 있겠어. 그래도 가지고 노는 이들이 더러 있다는 소문이야. 남자 이십대는 독 오른 고추지, 요사이 뒷골목에서 부르는 게 값이래, 꽃이 벌을 먹고 조개가 뱀을 잡아 먹는 격이라 할까. 바야흐로 여존남비女尊男卑의 새 역사가 시작되는지도 모를 일이야.

자, 그만하지. 어쩌다 세월을 먹어 쭈그렁바가지에 늙은 호박이 되었지만, 어느 누가 이 흐름을 막을 수 있겠어. 내 시 한 수 읊지, 제목이 '늙음'이야. 잘 들어보라구.

못 본 체 살라고 눈이 흐리고

못 들은 체 있으라고 귀가 어둡고
욕심을 버리라고 이가 빠지고
헛된 꿈 깨라고 밤잠이 없고
세상사 잊으라고 건망이 오고…….

〈2003〉

신문에 난 저아부지 저매들

종심從心에 다다른 초등학교 동무들이 동창회란 이름으로 여행을
한 지 십 년도 넘었다.

넉잠을 자고 섶에 오르기 전 누에처럼, 농익은 할배와 할매들이
실편하게 어우러져 제맛을 낸다.

"저매" "왜 그려 저아부지" 이 얼마나 정겨운 표현인가. 산전수전山
戰水戰 함께한 노부부老夫婦가 굽은 등 긁어주며 나눌 것 같은 이 방
언이 우리의 전유물이 된 지 이미 오래다.

돌이켜보면 파란만장한 소용돌이 속에 용케도 살아남은 아이들
이다. 대동아전쟁의 끝자락에서 고고의 울음을 울었고, 아장아장
걸으면서 해방을 맞았다. 구구단을 외우다가 삼팔선이 터졌고, 하루
아침에 인공 깃발을 들고 '위대한 장군(?)' 만세를 불러야 했다.

낮에는 태극기 밤에는 인공기, 빨치산 토벌작전에 피지도 못하고
떨어져 버린 봉우리들이 부지기수였다. 그나마 다행인 것은, 한 스
승 밑에서 칠십여 명이 졸업을 한 것이라고나 할까.

스승 박종기, 사범학교를 졸업하고 어느 산골학교를 잠깐 거쳐 우
리를 맡아 5년을 함께 했다. 이 무슨 운명의 장난인가. 우리와 헤

어진 지 불과 2년 만에 스물여덟 푸른 나이로 유명을 달리하고 말
았다.

강물은 흐른다 했던가. 4·19와 5·16의 파고가 높더니, 우리도 한
번 잘 살아 보겠다고 무작정 상경해 대하大河로 흘렀다. 여기에 휩쓸
려 경향각지에 흩어져 살던 아이들이 천명天命을 안다는 나이에 이
르러서야 동창회란 이름으로 서로를 수소문했다.

모이면 으레 스승을 떠올리고 그러면 그럴수록 그리움과 아쉬움
이 앙금으로 남은 것은 인지상정人之常情이 아니겠는가.

교직 생활 8년, 그중 우리와 함께 한 기간이 5년이라면 선생님의
생애에 우리가 전부라 해도 과언이 아니다.

늦게야 철이 들어 우리의 여행길에 사모님을 대신 모시기로 했다.
이것도 미담인지, 어느 기자가 알게 되어 2007년 5월 14일자 '동아일
보' 사회면에 〈선생님은 아버지 사모님은 어머니〉란 제목으로 기사화
가 되었다.

1955년 전북 진안군 백운면 백운초등학교 24회 동창회는 16년째
특별한 손님이 초대된다. 고故 박종기 선생의 사모인 최봉선(76) 여사
가 그 주인공이다. 박 선생은 1957년 8년간의 짧은 교직 생활을 뒤
로하고 심장마비로 생을 마감했다. 당시 박 선생은 28세, 사모는 25
세였다.

박 선생은 백운초등학교 24회 졸업생을 2학년에서 졸업할 때까지
줄곧 담임을 맡았다. 학생들이 기억하는 선생님은 영락없는 호랑이

선생님, 숙제를 해오지 않거나 산수 문제를 못 풀면 어김없이 회초
리를 들었다.

그런가 하면 또 한편으로는 마음이 따뜻한 스승이었다. 6·25 전
란 직후 모든 게 부족하고 어렵던 시절, 주머니를 털어 수업료를 대
신 내주기도 하고 도시락을 못 싸온 아이들은 사택으로 불러 밥상
을 같이 하기도 했다. ……너무도 허무하게 스승을 잃은 제자들은
50여 년이 지난 뒤에야 사모님을 찾아 나섰고, 그후 1991년부터 매
년 스승의 자리에 사모님을 모시고 전국을 여행하고 있다.

제자들은 올해 스승의 날엔 사모님을 초대하여 식사를 함께 하고
선물을 드리기로 했다. 제자 신용일(65)씨는 "교사는 있어도 스승은
없다는 세상에, 선생님은 우리의 아버지요, 사모님은 어머니였다"며
환하게 웃는다.

각설하고 시인 천상병은 '귀천歸天'이라는 시에 이렇게 읊었다.

나 하늘로 돌아가리라
이 세상 소풍 끝나는 날
가서 아름다웠다고 말하리라

누구나 이 세상 잠깐 다녀가는 소풍길이 아니겠는가. 소풍길에 초
등학교 6년을 함께 한 산골 아이들, 이에 더한 길동무가 어디 그리
흔하랴.

방방곡곡을 들면서 쌓인 사연들, 그 중 '삼척사건'(?)은 자다가도

웃음이 나와 오줌을 저릴 정도다.

해신공원과 환선굴을 둘러보고 달이 이울도록 뛰고 흔들다가 잠자리에 들었다. 장난기가 도진 강백이가 고스톱이나 치자며 반바지 차림으로 금남禁男의 선을 넘은 게 도화선이었다.

여걸(?) 저매들이 눈짓을 주고받다가 일시에 달려들어 반바지를 벗겼다. 혼비백산 골마리를 움켜쥐고 줄행랑을 친 것은 불문가지다.

다음날 버스에 올라, 성폭행을 당했다며 경찰을 부르겠다고 느물거린다. 60년도 넘은 솔밭이 무참히 망가졌고, 하나뿐인 연장이 못 쓰게 되었다고 으름장이다.

중재에 나섰다. "우리의 저매들을 고발을 해서야 되겠느냐. 망가진 솔밭은 그렁저렁 갈무리하고 연장은 작동이 되는지 안 되는지 먼저 점검부터 해 보자."

"내가 지금 거짓말하는 것 같으냐. 그래 좋다. 점검을 해 보라."며 허리춤을 풀어 헤치는 망령, 포복절도 자지러졌다.

이게 저매 저아부지로 얽히고설키는 우리들이다. 더 늙지 말고 병들지 말고 이 모습 그대로 내년에 꼭 다시 만나자며 잡은 손 놓을 줄을 모른다.

걸음걸음 저무는 이별, 그믐달처럼 사위어 가는 이 몰골들을 몇 번이나 더 볼 수 있으랴.

곰삭아 제맛을 내는 저아부지 저매들이 그리워, 해마다 8월이 오면 히죽히죽 어쩌지를 못하는 늙은 아이가 된다.

〈2007〉

동원소요東園逍遙

"친구 따라 강남 간다"라는 말이 있다. 어디 강남뿐이랴. 뒷골목은 물론이요 그보다 더한 곳도 갈 수 있는 게 어울림이다. 오죽하면 친구 없는 천국보다 친구 있는 지옥이 낫다는 말도 있겠는가.

그 사람이 사주 사는 곳, 즐겨 읽는 책, 어울리는 친구들을 보면 그 사람을 알 수 있다고 했다. 그러기에 가려서 가고 골라 읽고 만남을 신중히 해야 하는 소이所以가 여기에 있다.

친인척은 차치하고, 가끔씩 만나는 모임이 더러 있다. 경일회京一會, 동관회同貫會, 동원회東園會 등이다. 그중 동원이 제일 자주 만나는 편이다.

팔순八旬인데도 흐트러짐 없이 언제나 꼿꼿한 동광東光 회장, 만날 때마다 은연중 덕德을 생각케 한다. 만나면 어딘지 모르게 마음이 편하고 그래서 살며시 기대고 싶다면, 그게 덕이 아니고 무엇이랴. 나지막한 음성으로 언제나 중심을 지켜 주는 든든한 버팀목이 존경스럽다.

불의不義에는 추상秋霜같으면서도 약한 자 앞에는 더없이 약해지는 우정佑政 형, 도끼자루가 되어 내 발등을 찍을 줄 알면서도 가지

하나를 '아낌없이 내어 주는 나무' 같은 분이다. 어려운 지기知己를 만나면 가진 것 내어 주고 손을 꼬옥 잡아 주는 따뜻한 손길, 언제나 훈훈한 온돌방이다.

하얀 눈길을 유난히 좋아하는 작가 설로雪路, 남산골 딸깍발이 샌님을 연상케 한다. 얼어 죽을지언정 곁불은 쪼이지 않고 빠져 죽을지언정 개헤엄은 치지 않는다는 대쪽 같은 선비의 표상이다. 첫 단추 잘못 끼운 상처가 아직도 아물지 않았는지 '벽 속의 남자'를 자처하며 다지는 내공內供이 예사롭지 않다.

내 이름 석 자로 지은 삼행시를 액자에 넣어 넌지시 안겨 주는 손길, 얼떨결에 받아들고 붉어지는 얼굴을 어쩌지를 못했다.

신, 용, 일, 신용과 겸양을 겸비한 인격의 향기와, 용솟음치는 담론 좌중을 포용하는 친화력으로, 일락서산 낙조처럼 아름다운 여생을 누리소서.

앞으로 이렇게 살라는 덕담으로 알고 더욱더 경계의 삶을 살려 한다.

천년 학千年鶴 시인 심원心園, 백발홍안에 검은 베레모 거기에 곰방대만 문다면 그만이겠는데, 곰방대의 멋을 모르는 게 흠이라고나 할까.

초경에 놀란 산 처녀! 춤추는 떨기 떨기! 두근두근 아리운 가슴! 바람 등불 들고서! 산새에도 부끄러워 볼 붉히고 있다

'진달래꽃' 이라는 심원의 시다. 무엇을 더 말할 수 있으랴. 시인과 어울려 허튼소리를 즐기는 것만으로도 그저 즐거울 뿐이다.

북한산 둘레길을 걷다가 바위 위에 청청한 소나무에 반해 자호自號로 삼은 석송石松, 외유내강형이다. 세한연후歲寒然後에야 낙락장송은 더 푸르른 법, 반려伴侶를 먼저 보내고도 의연한 삶이 돋보인다. 손수 빚은 송주松酒 국주菊酒 등을 주저 없이 들고 나오는 손길이 언제나 정겹다.

웃음치료사로 통하는 청해淸海, 맑고 푸른 바다처럼 늘 활력이 넘친다. 끊임없이 일을 만들고 도전하는 정신, 적지 않은 연치年齒에도 오토바이를 타고 퀵서비스를 했다면 다한 말이다. 십 분 웃으면 몇 시간 더 산다며 박장대소 자지러지는 익살에, 좌중은 금세 포복절

도 거꾸러진다. 땀이 솟을 정도로 한바탕 웃고 나면 속이 시원한 기분, 좋아서 웃는 게 아니라 웃으니까 좋으니 이 아니 좋은가.

개인택시 핸들을 잡고 시내 구석구석을 유유자적하는 석천石泉, 언제나 돌샘같이 싱그러운 친구다. 차를 몰고 나가면 돈을 주겠다는 사람들이 여기저기 서 있으니 이만한 부자가 어디 있겠느냐며 언제나 여유만만이다.

어느 스승이 저 북녘의 누구를 닮았다 해서 붙여준 별호別號 일성日星, 그 우직한 풍모가 압권이다. 넓은 오지랖으로 새터민을 위해 동분서주 영일이 없는 그의 나날이 자랑스럽다.

하나하나 주옥같은 반생지기半生知己들, 그 말석에 되지도 않은 글을 쓴다고 습관적으로 끄적거리는 나 같은 위인爲人도 끼어 있으니, 좌판에 구색이라고나 할까……. 만나면 즐겁고 그래서 또 만나고…….

〈2010〉

붉은 악마

상전벽해桑田碧海라 했던가. 푸른 동산에 붉은 물결이 도도하다. 상상도 못하던 일이라 그저 어안이 벙벙할 따름이다. 아무리 어제가 옛날이라 하지만 흐름의 변화에 현기증이 인다.

해방 후 우리 정부가 수립되던 해, 초등학교에 입학을 했다. 처음 맞는 운동회, 홍군 백군으로 나뉘어 목이 터져라 외치고 달리던 기억이 새롭다. 그러다가 슬그머니 홍군이 청군으로 바뀌더니, 6·25 전란 후엔 붉은색은 입에 담기조차 꺼리게 되었다.

빨갱이, 듣기만 해도 소름이 끼치는 철천지원수요 천인이 공노할 마귀의 집단으로 여겼다. 누구든 빨갱이로 낙인이 찍히면 그 후손은 물론 친인척까지도 이 땅에 발붙이고 살기가 쉽지 않았다. 지금도 색깔은 우리에게 가장 민감한 아킬레스 건으로 남아 있다. 정치인은 말할 것도 없고 상고배商賈輩나 농사꾼까지도 색깔로 몰리면 살아남기 어려운 게 우리의 현실이다.

그런데 이 어인 일인가. 달동네에서 궁정동까지 붉은 함성으로 활화산이 되었다.

참으로 호호浩浩한 물결이다. 어느 누가 이 흐름을 거스릴 수 있으랴.

유럽의 강호 폴란드를 꺾은 여세로 달구벌에서 월드컵 예선 한·미전이 열리던 날, 그 열기를 식히기라도 하려는 듯 중부지방의 빗줄기는 자못 굵었다. 비에 좀 젖는 게 무슨 대수랴. 방송마다 들뜬 음성으로 물결을 이룬 군중들을 전하고 있다. 눈물 빗물에 범벅이 된 한 민족 한 겨레, 누가 시킨다고 될 일인가.

이 함성 이 열광, 그리고 이 멋진 질서와 뒷마무리까지 세계의 이목이 놀라고 있다. 진흙탕에 개싸움같은 정치판도 없고, 학연과 지연은 물론 물과 기름같다던 영호남의 갈등 같은 것은 그 흔적도 없다.

언제 우리가 이토록 온 백성이 하나가 되어 신명이 났던가. 벅찬 감동에 눈시울이 몇 번이나 주책을 부린다.

십여 년 전이던가. 우리 청소년 축구팀이 세계 4강에 오를 때, 붉은 유니폼의 그 끈기와 저력에 놀라 외신기자들이 표현했다던 '붉은 악마'가, 이제는 우리를 상징하는 트레이드 마크가 되고 말았다.

'악마'라는 말에 강한 거부감을 느낀 게 어찌 나 하나뿐이겠는가. 불가佛家에서는 불법佛法을 저해沮害하는 마군魔軍으로 보았고, 교회는 하느님을 대적하는 마귀요 사탄으로 말한다. 더욱이 〈붉은 용〉으로 묵시된 〈붉은 악마〉에 있어서랴. 모르긴 해도 '말세의 징조'라고 해도 밤새워 기도하는 기독교인들도 없지는 않으리라.

참으로 모를 일이다. 그래서 더욱 놀라고 있다. 〈붉은 악마〉가 우리의 희망과 용기의 대명사가 될 줄을 짐작이나 했겠는가.

봇물이 터졌다. 억눌렀던 민족의 저력이 용솟음치고 있다. 붉은 색은 불붙는 정열이 되었고 악마는 힘으로 변하여 넘쳐흐르고 있다.

한국과 미국, 그 인연의 골이 꽤나 깊은 편이다. 누란의 위기에서 구해 준 친구요, 지금도 그들의 핵우산으로 보호하려 드는 혈맹의 관계다. 언필칭 말이 좋아 평등이지, 실은 주종主從이라 해도 과언이 아니다. 오죽했으면 '워싱턴의 기침에 서울은 폐렴이 든다'는 말까지 있었겠는가.

제 말 안 들으면 쥐어박는 게 골목대장이다. 작금의 미국이라는 이웃이 꼭 그 꼴이다. 핵은 차치하고라도 미사일 하나도 그들의 간섭을 받아야 한다. 우리뿐 아니라 세계의 유수한 나리들이 어쩔 수 없이 겪고 있는 아픔이요 설움이다. 뉴욕의 고층 빌딩이 무너진 것도, 처처에서 양키들이 푸대접을 받는 것도 그 소이가 여기에 지나지 않는다.

각설하고, 온 세계가 지켜보는 가운데 '고추장'과 '치즈'가 한 판 승부를 겨루고 있다. 일진일퇴 용호상박龍虎相搏의 불꽃이 치열하다. 골 하나에 숨이 멎다가 골 하나에 천지가 진동한다. 각본 없는 감동의 드라마 두 시간, 승자도 패자도 없다. 그토록 염려하던 반미 구호나 행동은 기우에 지나지 않았다. 자랑스러운 대한국인들이다. 가슴이 뜨거워 안절부절 어쩌지를 못하다가 끝내 눈시울을 적시고 만다.

정치는 물론이요 흐름에 따라 변하는 게 사상思想과 이념理念이다. 어찌 뿌리를 같이한 민족에 우선할 수 있으랴. 누가 뭐래도 남과 북은 한 동포요, 한 핏줄이다.

북한과 미국이 한 판 겨룬다면, 이 뜨거운 가슴으로 누구를 응원할까. 길을 막고 물어봐도 그 대답은 자명하다. 이념과 체제를 넘어 언젠가는 하나가 되어야 할 당위성이 여기에 있지 않겠는가.

악마도 힘과 용기로 변하는데 민족 앞에 색깔이 무슨 의미가 있으랴. 서로 타도해야 할 원수가 아니라 함께 살아야 할 우리의 형제들이다.

놀라운 변화다. 색깔을 넘어 하나가 되었고, 악마까지도 희망과 용기로 부활시켰다. 아집과 편견을 넘어 세계를 향해 도전하는 동방의 등불로 타오르고 있다.

오늘은 예선 마지막 경기, 한국과 포르투갈전이 우리 동네에서 열리는 날이다. 거리마다 활기가 넘치고 만나는 사람마다 자신에 차 있다.

드디어 밤 10시 20분, 세계 5위의 높은 벽도 거뜬히 넘었다. 경천동지, 온 나라가 들썩거린다. 누구랄 것도 없고 어디랄 것도 없다. 자정子正이 넘었는데도 붉은 물결은 끝 간 데를 모른다.

그토록 목마르던 월드컵 1승이, 예선 조 1위로 세계 16강이라는 준령에 당당히 올랐다. 우리 역사의 새로운 장은 이렇게 열리고 있다.

오, 필승 코리아, 대한민국…….

긴 잠에서 깨어난 태백의 호랑이가 세계를 향해 포효咆哮하는 기상이다. 오대양 육대주를 뛰어넘을 우리 민족의 잠재력이, 보라! 이토록 호호浩浩하고 탕탕蕩蕩하지 아니한가.

〈2002〉

세상에 이럴 수가

세상에 이럴 수가 이렇게 좋을 수가. 한강물이 용솟음치고 삼각산이 일어나 더덩실 춤을 추는 그날이라 한들 이에 더하랴. 온 백성이 한 덩이로 자지러진다.

피를 말리는 시투死鬪 일백이십 분, 후반 삼 분을 남겨 놓고 동점골을 터트려 연장전으로 몰고 가더니 극적인 골든 역전골로 무릎을 꿇린다.

세상에 이럴 수가 이렇게 좋을 수가. 웃다가 울다가 얼싸안고 춤을 추다가 목놓아 외치는 함성, 대한민국…….

오백여 만이 거리거리 물결을 이루고 사천여 만이 하나가 되어 대하大河로 흐른다. 내 생전 이렇게 기쁜 날은 처음이라는 합죽한 할매, 이제는 죽어도 여한이 없다는 병상의 환자, 기가 막혀 숨을 거둔 이가 속출하고, 실신하여 응급치료를 받는 자는 부지기수다.

차마 볼 수 없다며 눈을 감고 손만 비벼대는 무속인, 애절한 음성으로 ‘주여’ 하며 이름을 부르는 기독인, 손끝에 땀이 맺히도록 염주를 굴리는 불자拂子들, 어느 식당은 갈비탕을 거저 내놓고, 덤으로 넘치는 맥주집은 환호성이다.

　언제 우리가 우리의 조국을 이토록 절실히 불러보았던가. 태극기를 두르고 쓰고 흔들면서, 늙은이나 젊은이나 목이 터져라 우리의 조국을 부르고 있다.

　우리에게 이런 모습이 있었던가. 우리에게 이런 힘이 있었던가. 동방의 고요한 나라 코리아에 온 세상이 놀라고 있다. 이 하나 됨에 놀라고, 이 넘치는 역동성에 놀라고, 이 멋들어진 질서에 놀라고, 깨끗한 뒷마무리에 다시 한 번 놀라고 있다. 하기사 이 땅에 살고 있는 우리도 제풀에 놀라거늘 파란 눈들이야 말해서 무엇하랴.

　월드컵 본선 진출도 하늘에 별따기만큼 어려운 게 사실이다. 인구 십삼 억의 중국도 절치부심切齒腐心, 처음 나왔다가 한 골도 못 넣고 되돌아갔다. 우리의 월드컵 역사는 무려 반백 년이다. 그동안 몇 차례 참여는 했으나, 단 1승도 거두지 못하고 분루憤淚를 삼켜야 했다.

　백인만 만나면 주눅이 들어 동네축구라는 비아냥을 받던 우리가 하늘의 별을 따듯, 그 월드컵경기를 '한일' 공동으로 유치를 했다. 그 숨겨진 노고에 인색한 찬사를 아끼지 않는다,

　전용구장을 새로 만들고, '히딩크'라는 벽안碧眼의 감독을 모셔오고, 해가 몇 번 바뀌도록 피와 땀으로 갈고 닦았다,

　언감생심 16강을 말하면서도, 내심은 단 1승이라도 거두고 싶었던 게 솔직한 심경이었다. 6월 4일 유럽의 강호 폴란드를 상대로 첫 승을 올리던 날, 48년의 한을 풀었다고 만세를 외쳤다. 연이어 세계 5위의 포르투갈을 제치고 조 1위로 16강에 오르는 이번에, 우리는 물론이요 온 세계가 놀란 토끼눈이 되었다.

개최국의 텃세라고 이죽거리는 시선도 없지는 않았으나, 세계 최강이라는 이탈리아까지 역전승으로 주저앉히고 세계 8강의 준봉에 우뚝 섰다. 어찌 자지러지지 않고 견딜 수 있으랴.

온 백성이 이토록 목이 터져라 외치는 우리의 조국, 숙명 같은 강대국들의 틈바구니 속에서 처절하게 목숨을 연명한 역사가 반만半萬 년이다.

짐朕이 곧 국가라던 군주君主 시대는 차치하고라도, 총칼로 억누르던 군부독재가 엊그제 일이다. 최루탄으로 날이 새고 화염병으로 날이 저물던 거리, 우리의 젊은이들이 피 흘려 외치던 '독재타도'가 지금도 뇌리에 생생하다.

자유를 말하고 민주를 외치는 인사는 쥐도 새도 모르게 끌어다가 죽이기 아니면 폐인을 만들던 나라, 얼핏하면 안보를 핑계삼아 숨통을 조이고 없는 죄도 만들어 공을 세워 훈장을 나누어 가지던 괴이한 조국, 오죽하면 등을 돌려 이민을 떠나는 무리들이 줄을 이었겠는가.

우리의 역사는 크게 두 줄기가 있다. 하나는 차라리 가리고 싶은 왕조사王朝史요, 또 다른 하나는 눈물겹도록 자랑스러운 민족사民族史다. 천여 번의 외침에 짓밟히면서도 은근과 끈기로 하나의 언어와 문화와 전통을 연면히 이어온 한 겨레다. 유수한 세계의 사가史家들이 또 하나의 불가사의不可思議라고, 어찌 놀라지 않으랴.

정쟁政爭만 일삼다가 외적이 쳐들어오자 백성을 버리고 야반도주한 벼슬아치들, 몽진蒙塵길에 오른 임금의 어가御駕에 돌을 던지면서도 죽창을 들고 임진왜란을 극복한 민족이다. 총 한 번 쏘아보지도 못한 채 넘겨준 나라를 되찾기 위해 끈질기게 물고 늘어진 것도 백성들이요, 국가부도 위기로 거리에 내몰리면서도 돌 반지를 손에 들고 줄을 서던 착하디착한 민초들이다.

지금 이 순간 세계를 놀라게 한 태극전사들도, 성숙한 모습으로 함께 즐기는 이 붉은 물결도 다 그렇고 그런 백성들이 아니던가.

남녘의 빛고을에서 '무적함대'라는 스페인을 상대로 준결승 진출전이 열리던 6월 22일, 피 말리는 접전은 연장전까지 무승부로 끝이 났다. 지켜보기도 숨이 막히는 승부차기 끝에 5대 3으로 물리치고 세계 4강의 반열에 당당히 올랐다. 이게 꿈이냐고 꼬집어 보라는 아나운서의 젖은 음성이 메아리친다.

세상에 이럴 수가, 이렇게 좋을 수가. 어찌 자지러지지 않고 견딜 수 있으랴. 오색의 인종이 놀라고 있다. 지칠 줄 모르는 그 패기에 놀라고, 벌떼처럼 달려들어 뺏고 차고 달리는 그 기세에 놀라고, 온 나라가 한 색깔로 하나 됨에 놀라고 있다.

우리에게 이런 힘이 있었던가. 우리에게 이런 성숙함이 있었던가. 신물 나는 정치판이 초라해 보이고, 끈적거리던 지역감정도 하찮게 보인다. 이제는 우리도 할 수 있다는 자신감이 봇물로 터졌다. 보다 높고 보다 넓은 세계를 향해 도약하는 우리의 기상이. 보라! 이토록 당당하지 아니한가.

오, 필승 코리아, 대한민국…….

〈2002〉

독자의 글

보내주신 옥서玉書, 잘 받았습니다. 진심으로 감사합니다.

1990년 말 한국투자신탁 지점장으로 재직 시, 지점용 도서를 구입하고자 서점에 들러 수필집을 보던 중 《눈이 아프면 하늘을 보고》가 눈에 띄어 두어 장을 읽다가 소박한 정감에 끌려 몇 권을 구입했습니다.

감히 소생이 세 치 혀로 어찌 표현할 수 있으리요만, 선생님의 글은 다른 분들과는 좀 다르게 다가왔습니다. "가장 잘 쓴 글은 가장 쉬운 글"이라 말했던 헤밍웨이의 말이 떠올랐기 때문입니다.

글이 화려하거나 어렵거나 은연중 저자의 지적자산을 홍보하거나 현란한 수식어로 덧칠하지 않으면서, 자연 윤리 역사 상식 종교 가족에 관한 지혜는 물론 우리 주변에서 늘상 있을 수 있는 것들, 또 나타날 수 있는 것들을 간과하지 않고 순수하게 표현했구나 하는 느낌을 갖게 되었습니다.

이러한 연유로 저의 지점은 물론, 장기간 근무한 친정과도 같던 본사 도서 담당 직원에게도 선생님의 수필집을 소개한 바 있습니다.

업무의 특성 때문에 직원들은 각종 경제지표 시장 화폐 등, 매우

딱딱하고 전문적인 지료나 도서만을 접하게 됩니다. 이러한 직원들에게 선생님의 글은 복잡한 사고의 편린을 내려놓고 포근한 쉼터에서 휴식을 취하는 데 적절하다고 사료되었기 때문이었습니다.

저는 어린 시절 시골에서 자랐습니다. 그래서 선생님의 글을 읽을 때마다 잔잔한 감동과 삶의 향기를 느꼈고, 이 글을 아련한 추억을 퍼 올리는 마중물로 삼았습니다.

힘든 삶을 이겨낸 기억을 추억이라고 하지요. 선생님의 글을 읽을 때마다 지난날들이 아스라이 떠오르고, 고통스러웠던 기억까지도 아름답게 만드는 매력에 끌려 선생님의 책을 자주 보곤 했습니다.

저에게는 몇 권의 애독서가 있습니다. 감히 말씀드리자면 《눈이 아프면 하늘을 보고》가 그중 제일입니다. 여행할 때나 등산할 때도 어김없이 이 책만은 늘 가지고 갑니다. 고속버스 지하철, 또는 틈이 있을 때마다 한 편씩 읽으면서 잔잔한 행복을 느끼곤 합니다.

며칠 전에도 산행길에 여느 때와 같이 이 책 한 권을 지참했는데 귀가 시 좀 취하여 배낭을 분실하고 말았습니다. 십수 년간 애지중지했던 제 친구요, 스승인 애독서 때문에 지구대에 분실신고를 했으나 찾을 수 없었습니다. 다시 구입하려고 서점에 들렀으나 절판이 되었다기에 출판사를 통해서 저자에게 연락하게 되었습니다.

선생님의 글을 읽을 때마다 시간이 멈춰 선 포근한 정감을 느끼고, 잊고 지냈던 지난날들이 감미롭게 되살아나곤 합니다. 오늘 밤은 선생님 덕으로 삶의 무게를 살포시 내려놓고 부담 없이 애독서 1호와 대화를 나눌 예정입니다.

선생님의 은덕에 감사하는 마음으로 졸필이지만 글을 올리게 되었습니다.

옥체 만강하시고 지혜와 삶의 양식이 될 좋은 글, 계속 부탁드립니다.

서울 송파구 신천동에서

박 광 남 드림